젊은 시인에게 보내는 편지

젊은 시인에게
보내는 편지

라이너 마리아 릴케 | 이옥용 옮김

차례

머리말 7
첫 번째 편지 13
두 번째 편지 23
세 번째 편지 29
네 번째 편지 39
다섯 번째 편지 51
여섯 번째 편지 57
일곱 번째 편지 67
여덟 번째 편지 81
아홉 번째 편지 97
열 번째 편지 103

옮긴이의 말 109

일러두기

본문 내 모든 주석은 옮긴이의 것이다.

머리말

1902년 늦가을이었지요. 저는 비너 노이슈타트*에 위치한 육군사관학교 내 공원에 있는 아주 오래된 밤나무들 아래 앉아 책을 읽고 있었습니다. 어찌나 그 책에 깊이 빠져 있었던지 저는 육군사관학교 교수진 중에서 유일하게 민간인으로 학식이 깊고, 자비롭고, 관대한 호라체크 교목校牧께서 제 곁에 오신 것도 거의 알아채지 못했지요. 그분은 제가 들고 있던 책을 가져가 표지를 찬찬히 살펴보시더니 고개를 절레절레 흔드셨습니다.

그분은 생각에 잠긴 듯한 목소리로 물으셨지요.

"라이너 마리아 릴케의 시집 아닌가?"

---

* '빈 신도시'라는 뜻을 지니며, 오스트리아의 수도인 빈에서 남쪽으로 50킬로미터 거리에 위치한 오스트리아에서 열한 번째로 큰 도시

그분은 시집 이곳저곳을 뒤적이고 시편 몇 편을 쓱 훑어보시고는 깊이 생각에 잠긴 듯한 시선으로 먼 곳을 바라보시더니 이윽고 고개를 끄덕이셨습니다.

"우리 사관학교를 다니던 르네 릴케* 생도가 시인이 됐단 말이지."

그리고 저는 호리호리하고 핼쑥한 한 소년에 대한 이야기를 들었습니다. 15년도 더 전에 소년의 부모님은 아들이 장차 장교가 되게 하기 위해서 그를 장크트 푈텐 육군유년실업학교에 입학시켰다고 했지요. 당시에 호라체크 목사님은 그곳에서 교목으로 재직 중이셨는데, 그 시절의 생도를 아직도 생생하게 기억하고 계셨습니다. 그분은 그 생도가 조용하고, 진지하고, 재능이 뛰어난 소년이라고 하셨습니다. 그 소년은 혼자 있기를 좋아했고, 4년 동안 기숙학교의 여러 가지 통제와 구속을 인내심을 갖고 묵묵히 견뎌 낸 뒤에 다른 급우들과 함께 메리쉬-바이스키르헨에 위치한 육군고등실업학교로 진학했다고 했지요. 하지만 그곳에서 그가 체질적으로 버텨 내지 못한다는 사실이 확연히 드러나자, 그의 부모님은 그를 자퇴시킨 뒤, 고향인 프라하에서 학업을 계속하게 했다고

---

* 라이너 마리아 릴케의 세례명은 '르네 카를 빌헬름 요한 요제프 마리아'인데, 루 안드레아스-살로메가 '르네'를 독일식으로 바꾸라고 충고했다. 릴케는 1897년 9월에 기고한 작품에서 처음으로 '라이너 마리아 릴케'라는 이름을 사용했다.

합니다. 그의 인생행로가 그 후에 어떻게 진행되었는지에 대해서 호라체크 목사님은 아는 바가 없으셨지요.

그 순간, 저는 제 습작 시들을 라이너 마리아 릴케에게 보내 평가를 내려 달라고 부탁하기로 결심했습니다. 그렇게 결심하게 된 계기가 이해되시리라 생각됩니다. 아직 채 스무 살도 되지 않은 데다 제 성향과는 정반대로 느껴지는 직업의 문턱 바로 앞에 있었던 저는 만일 제가 누군가에게서 이해를 구한다면, 그건 바로 『나의 축제를 위하여』*를 쓴 시인이었으면, 하고 희망했지요. 그래서 저는 그럴 생각은 없었지만, 제가 지은 시편들 외에 편지도 쓰게 되었습니다. 모르는 어떤 이에게 그토록 허심탄회하게 속마음을 털어놓았던 적은 그때가 처음이었지요. 그 뒤로도 그런 일은 없었습니다.

여러 주가 지나자, 마침내 답장이 왔지요. 편지에는 파리 우체국의 푸른색 소인이 찍혀 있었는데 손에 드니 묵직했습니다. 편지 겉봉에는 반듯반듯하고 아름답고 결점이라고는 찾아볼 수 없는 필체가 돋보였는데, 편지 역시 첫째 줄부터 마지막 줄까지 그와 똑같은 필체로 쓰여 있었습니다. 그렇게 해서 저는 라이너 마리아 릴케와 규칙적으로 편지를 주고받기 시작했습니다. 서신 왕

---

* 1899년에 출간된 릴케의 네 번째 시집

래는 1908년까지 지속되다가 점차 뜸해지더니 완전히 끊어졌습니다. 왜냐하면 삶이 저를 몇 가지 영역으로 —그 시인은 행여 제가 그러한 것들에 빠지지나 않을까, 싶어 따스하고 부드럽고 진심 어린 마음으로 염려했지요— 내몰았기 때문입니다.

  하지만 그런 건 중요하지 않습니다. 중요한 것은 이 책에 실린 열 통의 편지입니다. 이 편지글들은 라이너 마리아 릴케가 살고 창작을 했던 그 세계를 인식하는 데 중요합니다. 또한 오늘과 내일의 자라나고 성장해 가는 수많은 젊은이들에게도 중요합니다. 유일무이하며 위대하신 분이 말씀을 하시니 소인들은 조용히 입을 다물어야겠지요.

1929년 6월, 베를린에서
프란츠 크자버 카푸스 드림

첫 번째 편지

친애하는 카푸스 씨에게

보내 주신 편지는 며칠 전에야 비로소 받았습니다. 편지에 담겨 있는, 아낌없는 크나큰 신뢰에 대해 감사드립니다. 그 말 이외에는 달리 드릴 말씀이 없습니다. 저는 당신이 지은 시의 특성에 대해 이러니저러니 논할 수가 없습니다. 왜냐하면 저는 시를 비평하는 일에는 관심이 없기 때문이지요. 예술 작품을 다룰 때, 비평적 언어만큼 무능하고 무기력한 것은 또 없을 겁니다. 비평을 하다 보면 그럴싸한 크고 작은 오해가 늘 생기지요. 사물들이란 우리가 보통 생각하는 것처럼 파악되지도 않고, 말로 표현될 수도 없습니다. 대부분의 사건들은 말로 형용할 수 없고, 또한 그 사건들은 어떤 단어도 결코 발을 들여놓은 적이 없는 어느 한 공간 안에서 발생하지요. 그리고 예술 작품들은 그 어떤 것들보다도 훨씬 더 말로 형용할 수 없고요. 신비에 가득 찬 그 예술 작품들은 소멸해 버리고 마는 우리네 삶에 견주어 보면, 조금도 변하지 않은 채 그 모습 그대로 지속되지요.

우선 다음과 같은 사실을 말씀드려도 될 것 같군요. 당신의 시에는 자신만의 특성이라고 할 만한 것은 보이지 않습니다. 하지만 겉으로 뚜렷하게 드러나지는 않지만 개성적인 몇 가지 면이 엿보이기는 합니다. 그러한 점이 가장 확실하게 느껴지는 시는 마지막 시인 「내 영혼」입니다. 제게 보내 주신 시편들 중 가장 아름다운 시인 「레오파르디*에게 부치는 헌시」에서는 그 위대한 분, 그 고독한 분과 어떤 점에서는 유사한 면이 싹트고 있는 것 같기도 합니다. 그럼에도 당신의 시편들은 아직은 시라고 볼 수 있는 것을 아무것도 내포하고 있지 않습니다. 독자적인 면은 하나도 지니고 있지 못한 것이지요. 마지막 시편도 그렇고, 「레오파르디에게 부치는 헌시」 또한 그렇습니다. 시편들을 곁들인 당신의 편지를 읽다 보니 그 시편들을 읽으면서 뭐리 꼬집이 말힐 수는 없지만 믹연히 느껴지기는 했던 몇몇 결점이 이해가 되더군요.

---

* 1798-1837. 이탈리아 시인

당신은 자신이 손수 지은 시편들이 훌륭한지 아닌지를 묻는군요. 제게 묻는 것이지요. 전에는 다른 이들에게 물었고요. 그 시편들을 여러 잡지에 투고하고, 다른 시들과 비교하지요. 그리고 잡지사의 어떤 편집부원들이 당신이 투고한 작품들을 거절하면, 불안에 휩싸이고요. 이제 제게 충고를 구하셨기에 말씀드리지요. 앞으로는 더 이상 그런 일은 하지 마시기 바랍니다. 당신의 관심과 시선은 스스로의 내면이 아닌 외부로 향해 있군요. 하지만 특히 그런 건 하면 안 됩니다. 어느 누구도 당신에게 충고할 수 없고, 도움 또한 줄 수 없습니다. 그 누구도 그렇게 할 수 없지요. 방법은 딱 한 가지밖에 없습니다. 자신의 내면으로 들어가세요. 당신에게 시를 지으라고 명령하는 그 마음속 목소리를 탐구하세요. 그 목소리가 당신의 가슴속 가장 깊은 곳에 뿌리를 깊이 내리벋고 있는지 아닌지를 확인하세요. 그리고 시가 잘 써지지 않을 경우, 죽음을 택할 수 있는지 스스로에게 물어보세요. 특히 다음과 같은 것을 해 보시기 바랍니다. 밤에, 그중에서도 가장 고요한 시간에 스스로에게 물어보세요. "나는 시를 꼭 써야만 하는 것일까?" 하고요. 자신의 마음 깊은 곳에서 진실된 대답을 찾아보세요. 그리고 만일 긍정적인 답이 나온다면, 또한 그 진지한 질문에 "기필코 난 그렇게 하지 않으면 안 된다"라고 서슴없이 확고하게 대답한다면, 그 필연성에 따라 삶을 펼쳐 나가십시오. 당신의 삶은 그러한 열

망에 대한 하나의 징표이자 증거가 되어야 합니다. 아무런 느낌도 들지 않는 순간에도, 그리고 조금도 중요하지 않은 순간에도 그래야 합니다. 그렇게 한 다음에는 자연에 가까이 다가가세요. 그리고 그다음에는 마치 인류 최초의 인간이 된 것 같은 기분으로 당신이 보고, 체험하고, 사랑하고, 잃어버린 것에 대해 말하려고 노력하세요. 사랑 시는 쓰지 마세요. 널리 알려져 누구나 다 아는, 너무 평범한 형식들은 일단 멀리하세요. 그런 형식들이야말로 가장 쓰기 어려운 것이지요. 왜냐하면 흠잡을 데 없이 완벽한 작품들과 부분적으로 뛰어난 작품들이 헤아릴 수 없을 정도로 많이 전승되어 왔기 때문에 그 가운데에서 자신만의 개성을 펼쳐 보이려면 완성 단계에 이른 대단한 저력을 발휘해야 하기 때문이지요. 그런 까닭에 당신의 일상생활에서 접할 수 있는 일반적인 모티브들은 전부 피하고 택하지 마세요. 당신의 이런저런 슬픔과 소망들, 잠시 잠시 스쳐 지나가는 생각들과 어떤 아름다움에 대한 믿음을 묘사하세요. 그 모든 것들을 가슴속 깊이 고요한 가운데 겸허한 마음으로 허심탄회하게 묘사하세요. 그리고 스스로를 표현하려면 주위 사물들과 꿈 속 영상들, 그리고 기억 속에 있는 대상들을 활용하세요. 혹시 일상이 빈한해 보일지라도, 일상을 탓하지는 마세요. 스스로를 탓하세요. 몸담고 있는 일상에 깃든 다채로움을 자신 앞에 불러내기에 자신은 아직 제대로 된 시인이 아니라고 스스로에게 말하세요. 왜냐하면 창작이란 작업을 해내는 자에게는 빈한이란 것도 없고, 빈한한 동시에 이래도 저래도 그저 그런 보잘것없는 장소란 것은 없기 때문이지요. 당신이 설령 이 세상의 소음이라곤 하나도 귓가에 들리지 않는, 네 벽으로 둘러싸인 어떤 감옥에 있다 하더라도 당신은 자신의 어린 시절을, 이루 말할 수 없이 소중하고 엄청난 그 재산을, 여러 가지 추억이 오롯이 깃든 그 보고寶庫를 여전히 변함없이 갖고 있는 게 아닐까요? 그러한 것들에 관심을 기울이세요. 아득히 먼 과거에 일어났던, 깊이 푹 가라앉아 버린 그 뜻밖의 놀라운 사건들을 끌어올리려고 애써 보세요. 그러면 당신의 개성은 확고해지고, 당신의 고독은 한층 더 폭이 넓어져서 서서히 어스름이 깃들기 시작하는 하나의 주거 공간이 될 거예요. 그곳에서는 다른 사람들에 의해 만들어지는 소음은 아스라이 멀리 떨어진 채 스쳐 지나갈 거예요. 그리고 이와 같은 방식으로 내면으로 향함으로써, 자신만의 세계 속으로 깊이 침잠함으로써 시편들이 만들어지면, 당신은 그 시편들이 좋은지 아닌지 여부를 누군가에게 물을 생각을 하지 않게 될 거고요. 또한 이런저런 잡지에 시편들을 투고해 관심을 갖게 하려고 애를 쓰지도 않을 것입니다. 왜냐하면 당신은 그 시편들 속에서 놀라우면서도 꾸밈없이 자연스러운 자신의 자산과 당신이 살아온 삶의 어떤 한 부분을 보게 될 뿐만 아니라 그 삶이 지닌 하나의 목소리 또한 접하게 될 것이기 때문입니다. 하나의 예술 작품이 필연성에서 비롯되어 생성될 경우, 그 예술 작품은 훌륭하기 그지없지요. 예술 작품이란 그것이 어디에서 비롯되었느냐에 따라 평가됩니다. 그 외의 평가 기준은 있을 수 없지요. 친애하는 카푸스 씨, 그런 까닭에 저는 다음과 같은 충고 이외에는 드릴 말씀이 없었던 거예요. 곧 자신의 내면으로 들어가서 자신의 삶이 유래하는 가슴 속 깊은 곳에 자리한 그것들을 살펴보고, 왜 자신의 삶의 원천에서 시를 짓지 않으면 안 되는지에 대한 대답을 발견하게 될 겁니다. 어떤 대답이 나오든 그것을 꼬치꼬치 따져 묻지 말고 있는 그대로 받아들이세요. 당신이 예술가가 될 운명을 타고났다는 사실이 입증될지도 모르지요. 만일 그렇다면 그와 같은 운명을 받아들이세요. 그리고 바깥세상에서 얻게 될지도 모르는 대가 같은 것은 일절 묻지 말고 그 운명의 짐과 운명의 위대함에 대해 숙고해 보세요. 왜냐하면 창작을 하는 사람은 자신만을 위한 하나의 세계가 되지 않으면 안 되고, 또한 자신 안에서 모든 것을, 그리고 자신이 벗처럼 한데 어울리는 자연 속에서 모든 것을 발견해야 하기 때문입니다.

하지만 이렇게 자신의 내면 속으로, 그리고 고독 속으로 침잠하고 난 뒤에는 정작 시인이 되는 것을 포기해야만 할지도 모릅니다. (이미 말씀드렸듯이 사람이란 시를 짓지 않고도 살 수 있다는 것을, 꼭 시를 지어야만 하는 것은 아니라는 사실을 느끼는 것만으로도 충분하지요) 그러나 설사 그렇다고 해도 제가 당신에게 권유한 것, 곧 스스로에 대한 성찰은 결코 헛일이 아닙니다. 그런 일이 있은 이후로 어쨌든 당신의 삶은 자신만의 여러 행로를 발견할 것입니다. 부디 그 행로들이 행복하고, 풍성하고, 폭넓기를 바랍니다. 제가 이렇게 말로 하는 것보다 훨씬 더 그렇게 되기를 기원하는 바입니다.

무슨 말을 더 해 드려야 할까요? 모든 것이 강조되어야 마땅하겠지만 끝으로 한 가지 조언을 더 드릴까 합니다. 그건 바로 차분하고 진지한 마음으로 꿋꿋하게 쉼 없이 발전을 이룩하시라는 겁니다. 그러한 발전을 가장 많이 방해하는 것은 당신이 외부로 눈을 돌려 그곳으로부터 질문들에 대한 답을 기대하는 것입니다. 그러한 질문들에는 가장 고요한 시간에 당신의 가장 내밀한 느낌만이 답할 수 있지요.

당신의 편지에서 호라체크 교수님의 이름을 발견하고는 기뻤습니다. 매우 친절한 학자이신 그분에 대해 저는 크나큰 존경심과 세월이 지나도 여전히 변치 않는 감사한 마음을 가지고 있습니다. 이와 같은 제 마음을 그분께 부디 전해 주시기 바랍니다. 그분이 아직도 저를 기억하신다니 얼마나 고마운지 모르겠습니다. 그리고 그분이 저를 기억하고 계신다는 것의 깊은 뜻을 저는 잘 압니다.

  당신이 저에 대한 깊은 신뢰감으로 보내 주신 시편들은 이 편지와 함께 돌려 드리겠습니다. 그리고 당신의 진심 어린 깊은 신뢰에 대해 다시 한 번 감사드립니다. 저는 허심탄회하게, 그리고 제가 알고 있는 지식을 총동원하여 답변해 드림으로써 당신의 신뢰감에, 한 번도 뵌 적이 없는 완전히 낯선 제가 실제로 할 수 있는 것보다 조금 더 걸맞도록 하기 위해 노력했습니다.

1903년 2월 17일, 파리에서
변함없는 마음과 공감을 담아
라이너 마리아 릴케 드림

두 번째 편지

친애하는 카푸스 씨, 보내 주신 2월 24일 자 편지에 대해 오늘에야 비로소 감사의 마음을 전하는 점, 용서해 주시기 바랍니다. 그동안 저는 줄곧 시름시름 앓았습니다. 병이 난 건 아닌데 꼭 유행성 감기에 걸린 것처럼 몸에 기운이 하나도 없고 피곤해서 괜스레 마음이 울적해지면서 아무것도 할 수가 없었습니다. 조금도 차도가 보이지 않아 결국 저는 남국의 바닷가로 왔습니다. 예전에도 이곳에 와서 몸 상태가 좋아졌거든요. 하지만 아직도 완전히 회복되지는 않아 편지를 쓰는 것도 무척 힘이 드네요. 그러니 제가 몇 줄 쓰지 않더라도 그보다 훨씬 길게 쓴 것으로 여겨 주시기 바랍니다.

물론 보내 주신 편지가 매번 제게 기쁨을 준다는 사실을 알아주시기 바랍니다. 다만 제가 보내 드리는 답장에 대해서는 관대해지시기 바랍니다. 하나도 건질 게 없을 때가 종종 있을지도 모르니까요. 왜냐하면 원래 우리는 혼자이고, 특히나 가장 심오하고 중대한 일들에 직면했을 때는 그야말로 완전히 혼자이며, 누군가 다른 이에게 충고를 하거나 도움을 줄 수 있으려면 수많은 일이 일어나야 하고, 수많은 일들이 술술 잘 풀려야 하기 때문이지요. 그러한 것이 성공적으로 이루어지기 위해서는 그 일들의 전반적인 정황이 잘 맞아야 합니다.

오늘은 두 가지만 말씀드리겠습니다. 첫 번째는 반어법입니다.

절대로 반어법에 휘둘리지 마십시오. 특히 자신의 창의성이 발휘되지 않는 순간에는 더더욱 그렇습니다. 하지만 창의성이 마구 샘솟는 순간에는 삶을 파악하는 하나의 수단으로 반어법을 사용하십시오. 반어법은 품격 있게 사용하면, 품격 있는 표현이 되기도 하지요. 반어법을 사용하는 것을 부끄러워할 필요가 없습니다. 그리고 반어법에 지나칠 정도로 익숙해지는 듯한 느낌이 든다거나, 익숙해지는 정도가 점차 증가하는 것이 두려워질 때는 특별한 의미를 지닌, 진지한 대상들로 눈길을 돌리세요. 그러한 대상들 앞에서 반어법은 보잘것없게 되고 마비가 된 듯 굳어 버릴 겁니다. 사물들의 심오하고 정신적인 내실을 탐색하세요. 반어법은 결코 그 깊은 곳으로 내려가지 못합니다. 그리고 당신이 그 위대함의 가장사리에 이르면, 그곳에 도달함과 동시에 반어법과 같은 이해 방식이 자신의 본질에서 비롯되는 필연성에서 연유하는 것인지 여부를 검증하세요. 왜냐하면 반어법은 진지한 사물들의 영향을 받아 당신을 배반하거나 (반어법이 우연적인 것일 경우 그렇겠지요) 스스로 힘을 갖추고는 (이럴 경우는 반어법이 실제로 당신의 내면에 본래 속해 있는 것이지요) 하나의 진지한 도구가 되어 당신의 예술 세계를 펼쳐나가는 데 꼭 필요한 일련의 수단과 방법들에 편입될 것이기 때문입니다.

그리고 제가 오늘 말씀드리고자 하는 두 번째 이야기는 다음과 같습니다.

제가 가지고 있는 책들 중에서 없어서는 안 될 꼭 필요한 책은 불과 몇 권밖에 되지 않습니다. 그중 두 권의 책은 제가 어디를 가든 늘 갖고 다니지요. 그 책들은 지금도 제 곁에 있습니다. 그건 바로 성경과 위대한 덴마크 작가인 **옌스 페터 야콥센**[*]의 저서입니다. 당신께서도 야콥센의 작품들을 알고 계시는 걸까, 하는 생각이 문득 드네요. 그 작품들 중 일부는 레클람 세계문고[**]로 매우 뛰어난 독일어로 번역되어 출간되었으므로 쉽게 구할 수 있을 겁니

---

[*] 1847-1885. 덴마크의 소설가이자 시인. 가장 영향력 있는 덴마크 작가들 중 한 명이다.
[**] 세계적으로 유명한 독일의 문고본. 1828년 라이프치히에 레클람출판사를 창립한 안톤 필립 레클람이 아들과 함께 1867년에 출간하기 시작한 소형 문고판이다. 일반적으로 '레클람 문고'로 불린다.

다. 『중편소설 6편』이란 제목을 지닌 야콥센의 얄팍한 작품과 역시 그가 집필한 장편 소설 『닐스 뤼네』*를 구하셔서 전집 제1권인 그 얄팍한 중편집의 첫 번째 작품부터 읽으시기 바랍니다. 그 중편소설의 제목은 「모겐스」입니다. 어떤 하나의 세계가, 그 세계의 행복이, 풍요로움이, 수수께끼 같고 신비스러운 위대함이 당신 위에 드리워질 겁니다. 잠시 동안 그 책들 속에서 사시기 바랍니다. 그리고 배울 만한 가치가 있다고 여겨지는 것을 그 책들로부터 배우세요. 하지만 무엇보다 그 책들을 사랑하세요. 그러한 사랑은 당신께 수천, 수만 배로 갚을 겁니다. 그리고 앞으로 당신의 삶이 어떻게 전개되든, 그 사랑은 당신이 몸소 겪은 경험들과 실망감들과 기쁨들로 이루어진 모든 실들 가운데에서도 가장 중요한 실들의 한 가닥이 되어 앞으로 당신이 발전해 나가는 모든 과정, 그 옷감 이곳저곳에 모습을 드러내게 될 것입니다. 꼭 그렇게 될 것이라고 저는 확신하는 바입니다.

  창작의 본질에 관한 것을, 창작의 깊이와 영원성에 관한 것을 제가 누구로부터 알게 되었는지 굳이 말씀드려야 한다면, 제가 꼽을 수 있는 이름은 단 두 개입니다. 그건 바로 지극히 위대한 야콥

---

* 1880년에 출간된 작품이다. 시와 동화를 들으면서 자란 주인공 닐스는 사랑하는 사람들을 모두 잃고 군대에 입대한 뒤, 적탄에 맞아 사망한다. 무신론적 휴머니즘과 섬세한 심리가 훌륭하게 묘사되어 있다.

센과 조각가인 **오귀스트 로댕***입니다. 현재 살아 있는 모든 예술가들 중에서 로댕과 필적할 만한 예술가는 없지요.

당신의 행로에 늘 성공이 깃들기를 바랍니다!

1903년 4월 5일, 이탈리아 피사 근교의 비아레지오에서
라이너 마리아 릴케 드림

---

* 1840-1917. 프랑스의 조각가

세 번째 편지

친애하는 카푸스 씨, 부활절에 보내 주신 편지는 제게 크나큰 기쁨을 안겨 주었습니다. 왜냐하면 편지에 그동안 당신이 유익하고 의미 있는 일을 많이 했다는 소식이 담겨 있고, 또한 높이 평가되는, 야콥센의 위대한 예술에 대해 당신이 언급하는 방식을 전해 들으니 제가 당신의 삶과, 그 삶에 내포된 수많은 의문점들을 충만함이 가득 깃들어 있는 그곳으로 이끌려고 한 것이 그리 틀린 생각은 아니었다는 게 느껴졌기 때문이지요.

이제 『닐스 뤼네』가 당신 앞에 그 모습을 드러내겠지요. 그 책은 여러 면에서 이루 말할 수 없이 탁월하고, 다양한 심오함을 지닌 작품입니다. 그 소설은 자주 읽을수록 그 안에 모든 것이, 곧 삶의 가장 그윽한 향기부터 삶의 가장 묵직한 열매들의 충만하고 기품 있는 향기에 이르는 모든 것이 담겨 있는 것처럼 보이지요. 그 작품 안에는 이해되지 않았다거나 인식되지 않았다거나 또는 경험되지 않았을 듯한 것은 하나도 없습니다. 또한 추억과 회상이 파르르 떨리며 계속 그 잔상을 남기는 가운데 인식되지 않았을 듯한 것도 그 작품 안에는 없고요. 그리고 지극히 사소하고 보잘것없는 사건이라도 하나의 운명처럼 전개되지요. 그 운명 자체는 경이롭고 폭넓은 하나의 옷감과도 같은 것입니다. 그 옷감에 짜여진 실 한 가닥 한 가닥은 모두 한없이 보드라운 어느 손에 의해 이끌려 어느 다른 한 가닥의 실 옆에 놓이고, 그렇게 된 뒤에는 백 가닥의 다른 실들이 그 실 한 가닥 한 가닥을 꼭 붙잡고는 함께 엮어 나가지요. 이 책을 태어나서 처음으로 읽으면서 당신은 크나큰 행복감을 느끼게 될 것입니다. 그리고 수도 없이 많이 놀라고, 또 놀랄 거예요. 마치 생전 처음으로 꾸는 꿈 속을 이리저리 걷는 것처럼 작품 이곳저곳에서 놀라운 것들을 수없이 많이 발견하게 될 겁니다. 하지만 단언컨대 당신은 훗날 『닐스 뤼네』를 비롯한 야콥센의 다른 작품들을 되풀이해서 읽을 때도 여전히 지금처럼 하염없이 경탄하는 마음으로 한 페이지 한 페이지 읽어 나가게 될 겁니다. 또한 그 책들은 그 놀라운 힘을 조금도 잃지 않을 것이며, 처음 그 작품들을 읽는 사람에게 봇물 터지듯 밀려왔던, 메르헨*과 같은 면도 조금도 내버리지 않을 겁니다. 시간이 지날수록 그 작품들을 읽으면서 더욱더 기쁨과 만족감을 향유하게 되고, 그 책들에 대한 감사한 마음을 갖게 될 겁니다. 또한 대상을 바라볼 때는 어떤 식으로든 훨씬 더 눈이 밝아지고, 훨씬 더 단순화시켜 보게 될 것이며, 삶에 대한 믿음은 더욱더 깊어지고, 하루하루를 살아가면서 더욱더 크나큰 행복감을 느끼고 더욱더 위대해질 겁니다.

『닐스 뤼네』를 읽은 뒤에는 마리 그루베의 운명과 동경을 그린 그 놀라운 책과 야콥센이 쓴 편지들과 일기와 미완성 작품들을 읽어야 합니다. 그리고 끝으로 그의 시편들도 읽어야 하고요. 그의 시편들은 비록 그리 만족스럽게 번역되지는 않았지만 한없는 울림 가운데 생생하게 살아 있지요. (한 가지 조언을 드리자면, 기회가 될 때 야콥센의 멋진 전집을 -그 전집에는 앞서 제가 말씀드린 작품들이 모두 실려 있지요- 구입하길 권하고 싶습니다. 야콥센의 전집은 라이프치히에 소재한 오위겐 디더리히스 출판사에서 모두 세 권으로 출간되었는데, 번역도 훌륭하고 각 권당 5~6마르크밖에 되지 않는 것으로 알고 있습니다)

야콥센이 쓴 중편소설 「이곳엔 장미가 있어야 하는데…」(이 작

---

* 어린이를 위하여 만든 공상적이고 신비로운 옛이야기나 동화. 독일의 그림 형제가 모은 민화집에는 「백설 공주」, 「개구리 왕자」 등과 같은 메르헨이 다수 실려 있다.

품은 그 어떤 문학 작품과도 비교할 수 없을 정도로 섬세하고, 형식 또한 완벽합니다)에 대한 당신의 견해는 그 작품의 머리말을 쓴 이에 비하면 물론 의심의 여지 없이 전적으로 옳습니다. 하지만 한 가지 당부 말씀을 드리고 싶습니다. 미학적인 성격을 지니는 비평 글은 되도록 읽지 마시기 바랍니다. 그런 글들은 생명력이라고는 하나도 없는 완고함 속에서 화석처럼 굳어 버려 의미라고는 조금도 지니지 않게 된, 어느 한쪽으로 치우친 견해들이거나, 아니면 오늘은 이런 견해가 우세하지만 내일이면 그 반대 의견이 우세하게 되는 능수능란한 말장난이지요. 무릇 예술 작품들이란 한없는 고독감에서 탄생되며, 비평이야말로 예술 작품에 이르지 못합니다. 오로지 사랑만이 예술 작품들을 이해하고, 높이 평가하고, 또한 합당한 평가를 내릴 수 있습니다. 토론이나 비평 또는 머리말 등을 접할 때면 늘 **스스로가 옳다고**, 그리고 자신이 느끼는 바가 옳다고 생각하시기 바랍니다. 설사 자신의 견해가 옳지 않다고 하더라도 당신의 내적인 삶이 자연스럽게 성장함으로써 당신을 서서히, 점차 시간이 지나면서 여러 가지 다른 인식들로 이끌 것입니다. 스스로 내리는 이린지린 판단이 자신들만의 방식으로 고요히, 그 어떤 것에도 방해받지 않은 채 발전해 나가도록 내버려 두시기 바랍니다. 그러한 발전은 모든 지속적인 발전이 그렇듯이 내면 깊은 곳으로부터 비롯되어야 하지요. 또한 그 어떤 것을 통해서도 빨리 발전하라고 요구한다거나 강제로 그 속도를 높일 수도 없고요. 모든 것은 어머니 배 속에서 다 자랄 때까지 품는 것처럼 완전히 무르익을 때까지 품고 있다가 탄생시키지요. 모든 인상印象과 어떤 한 감정의 모든 싹이 완전히 그 자체 안에서, 어둠 속에서, 말로 표현할 수 없고 무의식의 상태에 있으며 자신의 이성은 결코 이르지 못하는 것 속에서 완성되도록 그대로 내버려 두세요. 그리고 깊은 겸허함과 인내심을 가지고 하나의 새로운 명료함이 탄생되는 순간을 기다리세요. 오로지 그것만이 예술가다운 모습으로 사는 것입니다. 예술 작품을 이해할 때도, 창작할 때도 그렇습니다.

 그런 삶에는 시간을 측정하는 일 같은 것은 없습니다. 그런 삶에는 1년이란 시간도 없고, 10년이란 세월도 아무것도 아니지요. 예술가로 살아간다는 것은 계산하지도, 수를 헤아리지도 않는다는 것을 뜻합니다. 또한 예술가로 살아간다는 것은 한 그루의 나무처럼 원숙해야 한다는 것을 뜻하지요. 자신의 수액을 서둘러 피어오르게 하려고 조바심을 내지 않고 봄의 폭풍우 속에서도 담담하게 서 있는 한 그루의 나무요. 그 나무는 폭풍이 불어닥친 뒤에 행여 여름이 오지 않는 것은 아닐까, 하고 불안해하지도 않지요. 여름은 분명히 옵니다. 하지만 여름은 마치 자신들 앞에 영원永遠이 놓여 있는 것처럼 근심 걱정이라고는 전혀 없이 고요히 그리고 넓은 마음을 가진 참을성 많은 이들만 찾아오지요. 그러한 것을 저는 날이면 날마다 배웁니다. 고통 속에서 그러한 것을 배우지요. 저는 고통에 그저 감사할 뿐입니다. 인내심이 가장 소중하지요!

리하르트 데멜*에 대해 말씀드리겠습니다. 저는 데멜의 책들을 읽으면서 (덧붙여 말씀드리자면 저는 그를 잘 알지는 못하는데, 그의 성품 역시 책과 다를 바 없습니다) 아름답게 묘사된 몇몇 페이지 중 어느 한 페이지를 접할 때면, 다음 페이지로 넘어가는 게 두렵습니다. 그 페이지에서 아름다운 내용과 묘사를 모조리 파괴해 버리고, 매혹적이며 공감을 주는 것들을 품위 없고 경멸받아 마땅한 것들로 완전히 뒤바꾸어 놓을 수 있으니까요. 당신은 데멜이 "열정적으로 살고, 시 또한 열정적으로 쓴다"고 말씀하셨지요. 그의 특징을 아주 적확하게 표현했습니다. 그리고 실제로 예술적인 체험은 성적인 체험, 곧 성적인 체험의 고통과 쾌락과 너무나도 가깝게 맞닿아 있어서 그 두 가지 현상들은 사실은 똑같은 하나의 동경과 지고한 행복감이 각기 다른 형식을 띠고 있는 것이라고 할 수 있지요. 그리고 동물들이 하는 교미 행

---

* 1863-1920. 독일의 시인·소설가·극작가·아동문학가. 1896년 시 「위로해 주는 비너스」에서 종교적·도덕적인 정서를 해치는 내용을 씀으로써 유죄 판결을 받고 유명해졌다. 호프만슈탈, 릴케, 토마스 만, 헤세 등과 같은 재능 있는 젊은 작가들에게 조언과 격려를 아끼지 않고 전폭적으로 지지했다.

위 대신에 −성性이라는 말을 써도 된다면, 곧 본질적이고, 넓고, 순수하고, 교회의 잘못된 생각으로 수상쩍게 여겨지는 의미에서의 성이라는 말을 써도 된다면, 데멜의 예술은 대단히 위대하고 이루 말할 수 없이 중요하겠지요. 그의 문학적 역량은 빼어나고, 또한 마치 타고난 본능처럼 강력합니다. 자신만의 거침없는 여러 리듬을 지니고 있는데, 그 역량은 마치 여러 산들에서 분출되듯 그의 내면에서 솟구쳐 뿜어져 나오지요.

  하지만 그러한 역량이 항상 거짓이 없고 가식적인 면이 없는 것 같지는 않습니다. (그러나 그러한 점은 창조하는 이들이 겪게 되는 가장 험난한 시험 중 하나이기도 하지요. 무릇 창조하는 자는 자신이 갖고 있는 최고의 여러 미덕으로부터 어느 것에도 얽매이지 않는 자유분방함과 그 어떤 것도 손대지 않은 자연 그대로의 순진무결함을 직접 자기 손으로 빼앗을 생각이 없다면, 항상 그 미덕들을 전혀 의식하지 못한 채로, 그리고 전혀 예감하지 못한 채로 존재해야 합니다!) 그런데 그 문학적 역량이 그의 본성 이곳저곳을 요란한 소리를 내며 두루 돌아다니다가 성적인 면에 이르면, 그곳에서 자신이 정작 필요로 했던, 지극히 순수한 하나의 인간을 발견하지 못하지요. 그곳에는 완전히 성숙하고 순수한, 성적인 세계는 존재하지 않습니다. 그 세계는 충분히 인간적이지 않은 세계이고, 오로지 **남성적인** 세계이며, 발정과 도취와 불안이 지배하는 세계입니다. 또한 그 세계는 오래된 편견들과 안하무인격인 거만함으로 가득 차 있지요. 데멜은 사랑을 그러한 것들로 왜곡시키고, 온통 뒤덮어 버렸습니다. 그는 인간이 아닌 **오로지** 남자로서만 사랑을 하기 때문에, 성에 대한 그의 느낌에는 뭔가 편협한 것, 겉으로 보기에는 고삐 풀린 말처럼 제멋대로이고 거친 것, 질투심에 사로잡히고 악의적인 것, 일시적인 것, 영원하지 않은 것이 담겨 있지요. 바로 그러한 것들이 그의 예술을 보잘것없게 만들고, 모호하고 의심쩍게 만들지요. 그의 예술은 흠이 **없다고는** 할 수 없습니다. 그의 예술을 특징짓는 것은 시간과 격정입니다. 그의 예술 가운데 훗날 오래 버티고 살아남는 것은 거의 없을 겁니다. (예술이란 게 대부분 그렇지요!) 하지만 그럼에도 데멜의 예술이 지닌 위대한 면을 크나큰 기쁨을 갖고 맘껏 즐길 수는 있습니다. 다만 그것에 깊이 빠져 허우적거리고 데멜식 세계의 신봉자만 되지 않으면 되지요. 데멜의 세계는 간통과 혼돈으로 가득 차 있어 이루 말할 수 없이 불안하고, 실제적인 운명들과는 거리가 멉니다. 그 운명들은 일시적인 여러 슬픔과 비애감보다 한층 더 크나큰 괴로움을 안겨 주지만, 위대함과 숭고함에 이를 수 있는 기회를 더 많이 주고, 영원을 추구할 수 있는 용기 또한 주지요.

끝으로 제가 쓴 책들에 대해 말씀드리겠습니다. 마음 같아선

받고 기뻐하실 만한 책들을 모두 보내 드리고 싶습니다. 하지만 저는 무척이나 가난하답니다. 그리고 제 책들은 일단 출간되면, 그 순간부터는 더 이상 제 것이 아니지요. 제 책을 받아 보고 호의를 베푸실 분들에게 보내 드리고 싶은 마음은 굴뚝같지만, 제 손으로 구입할 수 없는 처지이다 보니 그렇게 하지 못하고 있습니다.

사정이 그러하니 쪽지에 최근 출간된 제 저서들(최근작만 적습니다. 지금까지 출간된 책은 모두 12~3권 정도 될 겁니다)의 제목(과 출판사)를 적어 드릴게요. 그중 일부를 짬 나실 때 주문해 읽으시기 바랍니다.

제 책들이 당신 곁에 있다면 좋겠습니다.

안녕히 계십시오!

          1903년 4월 23일, 이탈리아 피사 근교 비아레지오에서
                                    라이너 마리아 릴케 드림

네 번째 편지

열흘 전쯤에 저는 파리를 떠났습니다. 몸 상태가 너무나 좋지 않고 지쳐 있던 저는 독일 북부의 어느 광활한 평야로 왔습니다. 이곳의 드넓음과 고요함과 하늘이 저를 다시금 건강하게 만들어 줄 것 같아서였지요. 도착한 후부터 지금껏 줄곧 비가 내리다가 오늘에야 비로소 계속 바람이 불어 대는 이곳 대지 위의 하늘이 조금 개었습니다. 이곳에 도착한 뒤 처음으로 맑게 갠 지금 이 순간을 친애하는 당신께 안부를 전하는 데 쓰고자 합니다.

　진심으로 친애하는 카푸스 씨, 저는 당신이 보내 주신 편지에 오랫동안 답장을 보내지 못했습니다. 제가 그 편지를 잊은 건 절대 아닙니다. 오히려 그 정반대입니다. 당신의 편지는 여러 편지들 속에서도 눈에 띌 때면 다시금 읽게 되는 그런 편지였습니다.

편지를 읽노라면 당신이 바로 제 곁에 있는 것처럼 느껴졌지요. 그 편지는 5월 2일 자 편지였어요. 당신도 생생하게 기억하실 거예요. 그 편지를 지금처럼 멀리 떨어진 곳에서, 이토록 고요한 적막 속에서 읽고 있자니 삶에 대한 당신의 두렵고 불안한 마음이, 그 아름다운 마음이 제가 파리에 있었을 때 이미 느꼈던 것보다 훨씬 더 제 가슴속에서 감동으로 물결치네요. 그곳에서는 엄청난 소음 때문에 -그러한 소음 때문에 사물들이 죄다 몸서리를 치지요- 모든 게 원래의 제 목소리와는 사뭇 다른 소리를 내다가 서서히 잦아듭니다. 거대한 대지가 제 주위로 드넓게 쫙 펼쳐진 이곳에서, -그 위로는 바닷바람이 쏴쏴 불어오고 있습니다- 이러한 곳에서는 당신이 말씀하신 여러 의문점들과 감정들 -그러한 것들은 자신들의 깊은 곳에서 각기 자신들만의 삶을 가지고 있지요-에게 이 세상의 그 누구도 대답할 수 없을 것 같다는 느낌이 드네요. 왜냐하면 아무리 뛰어나고 훌륭한 사람들이라 할지라도 있는 듯 없는 듯하여 감지하기 매우 어려운 것과 말로는 거의 표현할 수 없는 것을 언어로 표현할 때는 헷갈릴 테니까요. 하지만 그림에도 지금 제 두 눈의 피로감을 밀끔히 없애 주고, 두 눈을 편안히 쉬게 해 주는 사물들과 비슷한 사물들에 당신이 의지한다면, 언젠가는 해답을 얻게 될 것이라고 믿습니다. 당신이 자연에, 자연 속에 있는 단순한 것, 곧 작고 보잘것없는 것 -그런 것들은 사람들 눈에 거의 띄지 않지만, 어느 순간 불현듯 위대하고 특별한 것으로 바뀔 수가 있지요—에 의지한다면, 그리고 그 보잘것없는 것에 대한 애정을 갖고 일체의 가식이 없는 소탈한 마음으로 기꺼이 도움을 주는 자로서 하잘것없어 보이는 것에 대한 신뢰를 얻고자 노력한다면, 모든 것이 훨씬 더 수월해지고, 훨씬 더 조화롭게 보이고, 왠지 훨씬 더 평화롭게 느껴질 거예요. 그런데 그러한 일은 오성悟性 안에서, 곧 이성적인 차원에서 일어날 것 같지는 않습니다. 오성은 소스라치게 놀라 자신이 있던 자리에 그대로 머물러 있지요. 그러한 일은 당신의 가장 깊숙한 내면에 있는 의식 안에서, 곧 온전히 깨어 있는 상태에서 일어납니다.

 당신은 한창 젊습니다. 바야흐로 이제 막 모든 것을 시작할 수 있지요. 그런 까닭에 저는 친애하는 당신에게 온 마음으로 부탁 드리고 싶군요. 풀리지 않은 채로 마음속에 담고 있는 모든 의문점들에 대해 인내심을 발휘하시라고, 그리고 그 의문점들 자체를 사랑하려고 노력하시라고요. 자물쇠로 굳게 잠긴 방들을 사랑하듯이, 그리고 완전히 다른 낯선 언어로 쓰인 책들을 사랑하듯이요. 지금은 그 의문점들에 대한 이런저런 답들을 찾아내려고 하지 마십시오. 아무리 애써도 해답은 찾을 수 없습니다. 왜냐하면 당신은 그 대답들을 직접 살아 볼 수 없을 테니까요. 그러므로 그 모든 것을 직접 살아 보는 게 중요합니다. 이제부터는 그 질문들과 의문점들을 직접 살아 보시기 바랍니다. 아득히 먼 미래 어느 날, 당신은 자신도 모르는 사이에 그 해답 안으로 한 발 한 발 서서히 들어와 살고 있게 될 겁니다. 또한 당신은 자신의 내면에 지극히 행복하고 순수한 형태의 삶을 형성하고 펼쳐 나갈 수 있는 가능성을 가지고 있을 겁니다. 그렇게 되도록 스스로를 연마하십시오. 어떤 것을 만나게 되든 깊은 신뢰감을 갖고 그것을 받아들이십시오. 그것이 오로지 당신의 의지에서 비롯된다면, 그리고 당신의 내면에 있는 모종의 위기 상황에서 비롯된다면, 그것을 있는 그대로 받아들이십시오. 그리고 그 어떤 것이 되었든 그것을 증오하지 마시기 바랍니다. 성이란 것은 어렵지요. 맞아요. 하지만 우리가 의무적으로 짊어져야 하는 것들은 모두 어렵지요. 진지한 것들은 거의 모두 어렵습니다. 그리고 모든 것은 진지하지요. 그러한 사실을 인식한 뒤, 자신으로부터, **자신의 성향과 기질과 본성으로부터**, 그리고 **자신의 경험과 유년시절과 역량으로부터** (관습과 도덕의 영향을 조금도 받지 않은) 성에 대한 관계를 전적으로 자신만의 방식으로 맺는 때가 용케도 오게 된다면, 행여 방향을 잃고 헤매지는 않을까, 그리고 자신의 가장 소중한 재산을 누릴 자격이 없는 것은 아닐까, 하고 더 이상 두려워하지 않아도 됩니다.

  육체적인 쾌락은 감각적인 체험입니다. 순수하게 바라보는 것,

또는 탐스러운 과일을 베어 물었을 때 그것이 혀에 닿는 순수한 그 느낌과 조금도 다르지 않지요. 그것은 우리에게 부여된 위대하고 무한한 경험입니다. 또한 그것은 세계에 대한 하나의 앎이고, 모든 앎이 가득 차 있는 것이며, 모든 앎의 광채입니다. 우리가 육체적인 쾌락을 갖게 되는 것이 잘못된 것은 결코 아닙니다. 비난받아 마땅한 것은 바로 거의 모든 사람들이 그와 같은 경험을 잘못 사용하고, 허투루 쓰며, 그러한 경험을 자신들의 삶이 지치고 피곤할 때마다 찾곤 하는 마법적인 매력으로 여기는 것, 그리고 정점에 이르기 위한 정신 집중이 아닌, 단순한 기분 전환용 오락쯤으로 여기는 점이지요. 인간들은 음식을 먹는 일조차도 완전히 다른 것으로 바꿔 버렸습니다. 한쪽에서는 궁핍에 시달리고, 또 다른 한쪽에서는 먹을 게 넘쳐 나는 이러한 상황은 음식을 먹고자 하는 단순하고도 투명한 욕망을 방해하지요. 그리고 사는 데 없어서는 안 되는 것들, 단순하지만 강렬한 그것들 —그것들 안에서 삶은 늘 새롭게 태어나지요— 역시 한결같이 모두 음식을 먹고자 하는 욕망과 비슷하게 안개가 낀 듯 혼탁해졌습니다. 하지만 인간 개개인은 스스로를 위해 그러한 것들을 정제할 수 있고, 투명하게 맑은 머리로 살 수 있습니다. (지나치게 의존적인 사람들은 그렇게 할 수 없겠지만, 고독한 사람들은 그렇게 할 수 있지요) 그 고독한 개개인은 동식물 속에 깃든 모든 아름다움이 사랑과 동경의 고요하고 지속적인 하나의 형식이라는 것을 기억할 수 있습니다. 또한 고독한 자는 식물을 바라보는 것과 똑같이 동물을 바라볼 수도 있습니다. 곧 동물이 인내심을 가지고 기다리다가 기꺼이 짝을 짓고, 번식하고, 성장하는 모습을 바라볼 수 있지요. 동물들의 그런 행동들은 육체적인 쾌락이나 고통으로부터 비롯되지 않습니다. 동물들은 쾌락과 고통보다 훨씬 더 위대하고 의지와 저항심보다 훨씬 더 강력한 몇몇 필연성을 순순히 따르는 것이지요. 아, 우리 인간이 이 지구의 비밀을 —지상에는 아주 작고 보잘것없는 것들까지도 온통 그 비밀로 가득 차 있지요— 보다 겸허한 마음으로 맞아들이고, 좀 더 진지하게 받아들이며, 묵묵히 견디고, 가볍게 생각하지 말고 그 비밀이 얼마나 엄청난 무게감을 지니는지를 느낄 수만 있다면 얼마나 좋을까요! 그리고 우리 인간이 우리의 생식력에 대해 경외심을 갖는다면 얼마나 좋을까요! 생식력이란 정신적인 것으로 보이든 육체적인 것으로 보이든 단 하나밖에 없습니다. 왜냐하면 정신적인 창조 역시 육체적인 창조에서 비롯되고, 육체적인 창조와 그 본질이 같으며, 또한 육체적인 쾌락이 한층 더 조심스레, 한층 더 황홀하게, 그리고 한층 더 영속적으로 반복될 뿐이기 때문입니다. '창조자로 존재한다는 생각, 곧 무언가를 만들어 내고 예술적으로 빚는다는 생각'은 이 세상에서 그 생각을 지속적으로 훌륭하게 입증하고 실현시키지 않는다면 아무것도 아니지요. 또한 그러한 생각은 사물들과 짐승들이 수천 번에 걸쳐 동의해 주지 않을 경우에도 아무것도 아니고요. 그리고 그러한 생각을 즐긴다는 것은 단지 다음과 같은 이유, 곧 그러한 생각이 수백만 번의 생식과 분만으로 이루어진, 대대로 물려받은 회상과 기억들로 가득 차 있는 까닭에 형언할 수 없을 정도로 그토록 아름답고 풍요로운 것이지요. 창조하는 사람이 어떤 한 가지 생각을 할 때, 그 생각 속에는 헤아릴 수 없이 수많은 잊힌 사랑의 밤들이 다시금 파릇파릇 살아나서 그것을 숭고함과 위대함으로 가득 채웁니다. 그리고 밤이면 서로 만나 물결처럼 일렁이는 쾌락에 이리저리 뒤엉켜 버린 연인들은 하나의 진지한 일을 하고, 여러 가지 달콤함을, 곧 미래의 어느 한 시인 ―그는 형언할 수 없는 환희를 말하기 위해 일어설 것입니다― 이 부를 노래를 위해 깊이와 힘을 모아 놓지요. 또한 그 연인들은 미래를 불러옵니다. 설사 그들이 이리저리 헤매고 미친 듯이 서로 부둥켜안는다 하더라도 미래는 틀림없이 다가올 것입니다. 그리고 새로운 한 인간이 일어설 것입니다. 이곳에서 완성된 모습을 지니고 있는 듯이 보이는 우연의 밑바탕에는 하나의 법칙이 꿈틀꿈틀 싹트고 있지요. 그 법칙에 따라 저항력이 강하고 힘찬 정자 한 개가 자신을 향해 서슴지 않고 다가오는 난자를 향해 헤치고 나아갑니다.

겉으로 나타난 것에 현혹되지 마십시오. 깊디깊은 곳에서는 모든 것이 법칙이 됩니다. 그리고 그러한 비밀을 옳지 않은 방식으로, 또는 부적절한 방식으로 삶의 화두로 삼는 사람들은 참으로 많습니다. 정작 자신들은 그 비밀을 손에 넣지도 못하고 빠져나가게 그냥 내버려 두다가 그것이 무엇인지도 알지 못한 채 다른 사람들에게 줘 버리지요. 마치 봉인된 편지 한 통을 그냥 남들에게 줘 버리듯이요. 수많은 이름들 때문에, 그리고 현상들이 복잡하다는 사실 때문에 갈피를 잡지 못하고 허둥대지 마십시오. 모든 것 위에는 위대한 모성母性이 드리워져 있습니다. 우리 모두가 동경하는 모성이요. 처녀의 아름다움은, (당신이 아주 멋지게 표현한 것처럼) "아직 아무것도 이루어 내지 못한" 그 어떤 존재의 아름다움은 모성이지요. 스스로 예감에 사로잡히고, 준비하고, 두려움에 떨며, 동경하는 모성이요. 그리고 어머니의 아름다움이란 섬기는 모성입니다. 또한 늙은 여인의 가슴속에는 크나큰 추억이 깃들어 있습니다. 남자들에게도 모성이 깃들어 있는 듯합니다. 육체적이면서도 정신적인 모성이요. 남성이 생산하는 것 역시 일종의 분만이라고 할 수 있습니다. 자신의 내면 깊숙한 곳에 드리워진 충만함으로 무언가를 창조해 낼 때, 그것은 바로 분만입니다. 추측건대 여성과 남성, 두 성은 우리가 보통 생각하는 것 이상으로 매우 유사할 듯합니다. 또한 추측건대 세계의 위대한 개혁은 남성과 처녀가 이 세상의 모든 잘못된 감정과 찜찜한 마음에서 벗어나 서로를 대립적인 존재가 아닌 형제자매로서, 이웃으로서 서로를 찾아 나서고, 또한 자신들에게 부여된 의미심장한 성을 소탈하면서도 자연스럽게, 진지하게, 그리고 끈기 있게 함께 힘을 합쳐 받아들이기 위해서 인간으로서 서로 손 잡고 힘을 합칠 때 비로소 이루어질 것입니다.

하지만 추측건대 언젠가 많은 이들에게 가능할 모든 것들을 고독한 사람은 이미 모두 준비할 수 있고, 또한 자신의 두 손으로 만들 수도 있습니다. 그 두 손은 그들보다 실수를 훨씬 적게 하지요. 친애하는 카푸스 씨, 그러므로 당신의 고독을 사랑하십시오. 그리고 그 고독이 당신에게 안겨 주는 고통을 아름답게 울리는 탄식과 함께 견디어 내십시오. 왜냐하면 가까이 지내던 이들이 멀어졌다고 했는데, 그러한 것은 당신의 존재 폭이 넓어지기 시작했다는 것을 뜻하기 때문입니다. 그들과의 거리가 아주 멀어졌다면, 당신의 존재 폭이 이루 말할 수 없이 광대해져서 이미 별들 사이에 있게 된 것이지요. 스스로의 성장에 대해 기뻐하십시오. 당신은 그 누구도 성장의 길로 데려갈 수 없습니다. 뒤처진 이들에게는 친절하고 넉넉한 마음으로 대하고, 그들 앞에서는 확실하면서도 침착한 태도를 취하고, 이런저런 의심으로 그들을 괴롭히지 말고, 그들이 이해할 수 없는 확고한 믿음과 기쁨으로 그들을 소스라치게 놀라게 하지 마십시오. 그들과 함께 소박하면서도 진실된 일종의 유대감을 찾아보시기 바랍니다. 당신이 설사 완전히 달라진다고 해도 변화될 염려가 별로 없는 그런 유대감을요. 그들의 삶을, 낯설기 짝이 없는 외형을 지니고 있는 그 삶을 사랑하고, 당신에게는 그지없이 친숙한 고독, 그 홀로 있음을 두려워하는 늙어 가는 이들에게는 너그러이 대하십시오. 부모 자식 간에 팽팽한 긴장감이 감도는 복잡 미묘한 사건에 소재 거리를 제공하지 않도록 하십시오. 그런 식의 갈등이 생기면, 자식들도 힘이 쑥 빠지고, 자식들을 이해하지는 못하긴 해도 사랑만큼은 여전히 따스한 노부모에게도 사랑이 더는 남아 있지 못하지요. 그분들에게 충고를 해 주십사고 요구하지 말고, 이해받기를 기대하지 마십시오. 하지만 당신을 위해 마치 하나의 유산처럼 보존되고 있는 그 하나의 사랑은 믿으십시오. 그리고 그 사랑 안에 하나의 힘과 축복이 깃들어 있다는 것을 믿으세요. 그러니 아주 멀리 떠나기 위해 그 축복에서 꼭 빠져나올 필요는 없습니다!

당신이 스스로 독립할 수 있도록 만들어 주고, 또한 어떤 의미에서든 외부의 도움 없이 전적으로 혼자 힘으로 헤쳐 나아갈 수 있게 해 주는 직업의 길로 일단 들어선 건 정말 잘한 일입니다. 내면 깊숙한 곳의 삶이 그 직업상의 특성 때문에 제약을 받고 편협해지는지 여부를 확인할 때까지 인내심을 발휘해서 기다리십시오. 그 직업은 매우 힘겹고 까다로울 것 같습니다. 한없이 엄격한

종래의 여러 가지 관행들이 책임을 부과하고, 직무상의 과제를 수행하려고 할 때도 개인적인 견해는 거의 고려되지 않기 때문이지요. 하지만 당신이 그야말로 낯설기 짝이 없는 이런저런 상황에 처해 있을 때도 당신의 고독이 버팀목이자 고향이 되어 줄 것입니다. 그리고 그 고독으로부터 당신이 나아갈 모든 길들을 발견하게 될 겁니다. 저의 모든 소망들은 당신과 동행할 만반의 준비가 되어 있습니다. 늘 당신에게 신뢰감을 보냅니다.

1903년 7월 16일, 브레멘 근교 보르프스베데에서
라이너 마리아 릴케 드림

다섯 번째 편지

친애하는 카푸스 씨에게

보내 주신 8월 29일 자 편지는 피렌체에서 잘 받았습니다. 하지만 두 달이 지난 지금에야 비로소 이 말씀을 드리게 되었네요. 제때 답장을 보내 드리지 못한 점을 용서해 주시기 바랍니다. 하지만 저는 여행 중에 편지 쓰는 것을 별로 좋아하지 않지요. 편지를 쓰려면 꼭 필요한 도구 이외에도 몇몇 가지가 더 필요하기 때문입니다. 약간의 정적, 고독, 너무 낯설지 않은 시간이 바로 그런 것들이지요.

저희 일행은 6주 전쯤에 로마에 도착했습니다. 그즈음 로마는 여전히 텅 비고, 날씨는 찌는 듯이 무덥고, 열병이 퍼지기 시작했다는 소문이 돌고 있었습니다. 상황이 그런 데다 적응하기 어려운 실제적인 몇 가지 일들까지 겹친 탓에 저희를 감싸고 있던 뒤숭숭한 분위기는 좀처럼 바뀌지 않았지요. 또한 이 낯선 곳이 고향을 떠나온 무거운 마음과 한데 어우러져 저희 마음도 한층 더 짓눌렸고요. 게다가 로마는 아직 그 도시를 제대로 알지 못하는 처음 며칠 동안은 이루 말할 수 없이 슬픈 인상을 풍겼다는 점도 말씀드려야겠네요. 그건 바로 생기라고는 하나도 없이 우중충한, 박물관과도 같은 분위기 —그런 분위기가 마치 숨을 내뿜고 있는 것 같지요— 때문이고, 또한 땅속에서 발굴해 낸 뒤 힘겹게 보존된 과거의 역사들이 가득하기 (보잘것없는 현재는 그 역사들로 생계를 이어 가고 있지요) 때문입니다. 이런 이유 외에도 다음과 같은 이유가 또 있습니다. 이 모든 훼손되고 부패해 버린 물건들은 근본적으로는 하나의 다른 시대의, 우리의 삶이 아닌, 또한 우리의 삶이 되어서도 안 되는 하나의 삶의 우연적인 잔재들에 불과할 뿐인데, 일반 학자들과 문헌학자들이 그 물건들을 적극 지지하고, 이탈리아를 찾아온 평범한 여행객들은 그들을 그대로 흉내 내 지나칠 정도로 과대평가를 하기 때문입니다. 날이면 날마다 이 도시를 마뜩지 않아 하면서 몇 주를 보내고, 아직은 여전히 조금은 혼란스러우면서도 마침내는 퍼뜩 정신을 차리고 이렇게 혼잣말을 하지요.

"그래, 이곳은 다른 어느 곳보다 훨씬 더 아름답지는 않아. 여러 세대에 걸쳐 끊임없이 사람들이 경탄해 마지않았던 이 모든 물건들은 −하인과 다름없는 임시 고용인들의 손에 의해 보수 작업이 진행되었지− 아무런 의미가 없어. 아무것도 아냐. 내적인 세계를 지니고 있지도 않고 가치도 없어."

하지만 이곳에는 아름다운 게 참으로 많지요. 도처에 아름다운 것들이 가득하거든요. 한없이 활기차고 생기가 넘쳐 나는 여러 물줄기가 고대 로마의 고가^{高架} 수로를 지나 이 큰 도시로 흘러들어와서는 헤아릴 수 없이 많은 광장에 있는 하얀 석조 수반^{水盤}들 위에서 너울너울 춤을 춘 다음, 크고 널찍한 수조^{水槽} 안에서 넓게 흩어져 흐르지요. 낮에는 찰랑거리고, 밤에는 그 소리를 한층 더 높입니다. 이곳의 밤은 위대하고 고귀하며, 하늘엔 별들이 총총하고, 바람이 불어와 포근합니다. 또한 이곳엔 정원들, 너무나 인상적이어서 좀처럼 잊을 수 없는 가로수 길들, 그리고 계단들이 있습니다. 미켈란젤로가 고안한 그 계단들은 아래로 스르르 미끄러지듯 흘러내리는 물줄기를 본떠서 만들어진 것으로, 하나의 물결에서 또 하나의 물결이 생겨나듯이 폭넓은 하나의 계단에서 또 하나의 폭넓은 계단이 경사를 이루며 생겨나고 있지요. 그러한 여러 인상들을 받음으로써 우리는 스스로를 추스르고, 까다롭기 짝이 없는 수많은 것들 −그러한 것들은 말을 하고 수다를 떨기도 합니다 (어찌나 수다스러운지요!)−을 벗어나 정신을 다시 차리고, 몇

개 되지 않는 사물들을 인식하는 법을 서서히 배우지요. 그 사물들 안에는 우리가 사랑할 수 있는 영원성과, 우리가 조용히 함께할 수 있는 고독감이 깃들어 있습니다.

아직 저는 시내에 있는 캄피돌리오* 언덕에서 머물고 있습니다. 이곳에서 그리 멀지 않은 곳에 우리에게 전해 내려온 고대 로마의 예술 작품이 있습니다. 마르쿠스 아우렐리우스**의 지극히 아름다운 기마상이 바로 그것이지요. 하지만 몇 주 뒤에는 조용하고 소박한 곳으로 거처를 옮길 생각입니다. 커다란 공원 아주 깊숙한 곳에 호젓이 자리 잡고 있는, 오래된 발코니가 딸린 방으로요. 그곳은 이 도시에서, 이 도시의 소음에서, 그리고 우연이라는 것에서 완전히 벗어나 꼭꼭 숨어 있지요. 저는 그곳에서 겨울 내내 머물면서 크나큰 적막을 기뻐할 것입니다. 그 적막이 제게 의미 있고 유익한 시간들을 선물할 것을 기대하면서…….

지금보다 훨씬 더 안락함을 안겨 줄 그곳에서 저는 당신에게

---

* 로마의 일곱 언덕 중 두 번째로 작지만 가장 높은 언덕. 캄피돌리오의 형용사형인 '카피톨리노'라고노 불린다. 이 언덕에 로마 신화의 최고신이었던 제우스와 헤라의 신전이 있는 까닭에 고대 로마에서 가장 신성한 언덕으로 여겨졌다. 현재는 로마 시청이 위치하고 있다.

** 121-180. 로마 제국의 황금시대를 상징하는 황제. 스토아 철학이 담긴 『명상록』을 집필했다.

좀 더 긴 편지를 쓰려고 합니다. 당신의 시작(詩作)에 대해서도 말씀 드리고요. 오늘은 당신이 편지에 소개한 책(당신의 작품들이 실려 있다고 했지요)이 이곳에 도착하지 않았다는 말씀만 드리고자 합니다. (진즉에 말씀드리지 않은 것이 제 불찰인 것 같네요) 그 책이 당신에게 되돌아갔나요? 혹시 그 책이 보르프스베데에서 되돌아간 것은 아닐까요? (소포는 나중에 외국으로 보내지 못하게 되어 있으니까요) 책이 되돌아갔다면 정말 좋겠네요. 그렇게 되었다는 확증을 얻었으면 합니다. 제발 그 책이 분실되지 않기를 바랍니다. 유감스럽게도 이탈리아 우편 사정상 그런 일이 종종 일어나지요.

그 작품집이 무사히 이곳에 도착했다면, 저는 (당신의 생각과 느낌이 담긴 소식을 접할 때와 마찬가지로) 기쁜 마음으로 받아 보았을 것입니다. 혹시 그동안에 지은 시편들을 제게 보내 주신다면 (저를 믿고 그 시편들을 제게 보여 주신다면) 읽고, 또 읽고, 가슴 속 깊이 느껴 보려고 합니다. 제 힘 닿는 한 성실하게, 그리고 온 마음으로요. 하시는 일이 두루 잘 풀리기 바라며 이만 줄입니다.

1903년 10월 29일, 로마에서
라이너 마리아 릴케 드림

여섯 번째 편지

친애하는 카푸스 씨에게

성탄절이 다가오는 요즘, 축제 분위기 속에서 여느 때보다 더 고독감에 사로잡힐 것 같아 편지로 인사드립니다. 하지만 그 고독감이 위대하다는 사실을 알아차린다면, 그러한 사실을 기뻐할 거예요. 그 이유는 다음과 같아요. 위대함을 지니지 않은 고독이 과연 고독이라고 할 수 있을까요? (스스로에게 물어보시기 바랍니다) 고독이란 단 한 가지 고독밖에 없습니다. 그 고독은 위대하고, 우리가 감당하기도 결코 쉽지 않지요. 그래서 거의 모든 이들에게 고독을 다른 것들과 기꺼이 맞바꾸어 버리고 싶어지는 순간이 오게 마련입니다. 예를 들면 진부하기 짝이 없고 값싼 어떤 유대감이라거나, 누가 되었든 간에 지금 당장 가장 가까이에 있는 사람과, 품위라고는 눈곱만큼도 지니고 있지 않은 그 사람과 아주 조금 마음이 통하는 것처럼 보이는 분위기와 고독감을 맞바꾸고 싶은 것이지요……. 하지만 아마도 그러한 시간들이 바로 고독이 자라나는 시간들일 겁니다. 왜냐하면 고독의 성장은 소년들의 성장처럼 고통스럽고, 해마다 찾아오는 봄들의 시작처럼 슬프기 때문이지요. 하지만 그런 것들에 흔들리지 마십시오. 진실로 필요한 것은 딱 한 가지밖에 없습니다. 그건 바로 고독, 내면의 위대한 고독입니다. 자신의 내면 깊숙한 곳으로 파고들어 가서 몇 시간 동안 그 누구도 만나지 않는 것, 그러한 것을 끝내 해낼 수 있어야 합니다. 어린 시절, 어른들이 중요하고 대단해 보이는 일들에 얽매여 여기저기 바삐 돌아다닐 때, 우리 아이들은 외로웠지요. 그건 바로 어른들이 너무나도 할 일이 많아 보이고, 또한 어른들이 도대체 무슨 일을 하는 건지 하나도 이해할 수 없었기 때문이지요. 그 시절 우리가 외로웠던 것처럼 그렇게 고독해야 합니다.

그리다가 이느 날, 어른들의 직입상 일들이란 세 보잘것없을 뿐만 아니라, 그 직업들이 뻣뻣하게 굳어 버려 더 이상 삶과 연결되어 있지 않다는 사실을 간파할 경우, 사람들은 왜 어린아이 때 그랬던 것처럼 그 어떤 낯선 것 너머로 시선을 향하지 않는 걸까요? 어릴 적엔 자신만의 세계의 깊숙한 곳으로부터, 자신만의 고독 −고독은 일이요, 지위요, 소명입니다− 의 넓이로부터 그런 것들을 바라보았지요. 왜 어린이들이 이해하지 못한다는 사실을 −비록 이해하지는 못하지만, 그러한 몰이해에는 현명함이 깃들어 있습니다− 거부와 경멸로 바꾸어 놓으려고 하는 걸까요? 이해하지 못함은 고독이지만, 거부와 경멸은 사람들이 그 두 가지 수단을 사용해 스스로를 분리시키는 것, 그것에 관여하는 것입니다.

친애하는 카푸스 씨, 가슴속에 지니고 있는 그 세계를 생각하시기 바랍니다. 그리고 그 생각에 마음대로 이름을 붙이십시오. 그것이 어린 시절에 대한 추억이든 미래에 대한 동경이든 다 괜찮습니다. 마음속에서 솟구치는 것에 주의를 기울이기만 하십시오. 그리고 그러한 것들을 주위에서 접하게 되는 그 모든 것들보다 우위에 두십시오. 당신의 내면 깊숙한 곳에서 일어나는 사건은 당신의 사랑을 송두리째 받을 만한 가치가 충분히 있습니다. 그 내면의 사건에 어떤 식으로든 총력을 기울여야 합니다. 그리고 사람들에게 당신의 관점을 해명하려고 너무 많은 시간을 허비해도 안 되고, 너무 많이 신경을 써도 안 됩니다. 당신이 관점이라는 것을 갖고 있다고 누가 당신에게 말이나 하던가요? 당신의 직업이 무척이나 힘들고, 당신의 성향에 반하는 요소가 가득한 직업이라는 것을 저는 잘 압니다. 저는 언젠가 당신이 푸념을 늘어놓으리라고 예측했지요. 그리고 그런 날이 오리라는 것도 알고 있었고요. 그런데 이제 정말 불평을 쏟아 놓으셨네요. 하지만 저는 당신 마음을 달래 드리지는 못합니다. 다만 어떤 직업이든지 직업이란 모두 다음과 같은 특성을 지니고 있는 건 아닌지 한번 깊이 생각해 보시라고 조언을 드릴 수 있을 뿐입니다. 어떤 직업이건 직업이란 온통 이런저런 요구를 해 대고, 개개인들에 대해서는 적대감으로 가득 차 있는 것은 아닌지 생각해 보십시오. 말하자면 아무 말 하지 않고 뚱한 표정으로 무미건조하기 짝이 없는 의무감에 충실한 사람들의 증오로 꽉 차 있는 것은 아닌지 생각해 보시기 바랍니다. 현재 당신이 처해 있는 상황이 다른 상황들에 비해 여러 가지 관습과 편견과 오류의 지배를 훨씬 더 많이 받고 있는 것은 결코 아닙니다. 설령 비교적 더 큰 자유를 누리는 것처럼 보이는 상황들이 있다고 하더라도 그 자체로 한없이 넓고 여유가 있어서 위대한 것들 —우리네 실제 삶은 그런 것들로 이루어져 있지요—과 관계를 맺고 있는 지위는 하나도 없습니다. 오로지 고독한 개개인만이 하나의 사물처럼 신오한 법칙들 아래 놓여 있습니다. 그리하여 그 고독한 사람이 이제 막 동이 트기 시작한 아침을 맞이하러 집 밖으로 나가거나 집 안에서 저녁 —저녁은 온갖 사건으로 가득 차 있지요—을 내다보면, 그리고 거기에서 과연 무슨 일이 벌어지는지를 느낀다면, 그가 처해 있던 모든 상황은 그가 생의 한가운데 있다고 해도 마치 죽은 자에게서 떨어져 나가듯 전부 후두두 떨어져 나가지요. 친애하는 카푸스 씨, 당신이 현재 장교로서 겪어야 하는 것은 현존하는 어떤 직업에 종사한다 하더라도 비슷하게 느낄 것들입니다. 심지어 당신이 이렇다 할 일자리 없이 오로지 사회와 가볍고도 독자적인 접촉을 꾀하려고 했더라도 옥죄는 듯한 갑갑한 느낌을 피하지는 못했을 것입니다. 어디를 가도 상황은 마찬가지지요. 하지만 그렇다고 두려워하거나 슬퍼할 필요는 없습니다. 사람들과 유대감을 느끼지 못한다면, 사물들 가까이 다가가려고 시도해 보십시오. 그 사물들은 당신을 떠나지 않을 겁니다. 아직도 여전히 매일매일의 밤이 있고, 나무들 사이로, 그리고 수많은 대지 위로 쏴쏴 불어 대는 바람들이 있지요. 사물들과 동물들의 경우에는 아직도 여전히 그 모든 것이 사건들로 가득 차 있습니다. 당신은 그 사건들에 동참할 수 있습니다. 그리고 아이들은 아직도 여전히 당신이 어렸을 때 그랬던 것처럼 많이 슬프고, 또 행복하기도 하지요. 어린 시절을 떠올린다면, 당신은 다시금 그 아이들 가운데에서 사는 겁니다. 고독한 아이들 속에서요. 어른들은 아무것도 아닙니다. 그리고 그네들의 품위란 것은 아무런 가치도 지니고 있지 않지요.

 도처에 존재하는 신을 더 이상 믿을 수 없다는 이유로 어린 시절에 대해 생각하는 일이며 그 시절과 관련된 단순하면서도 고요했던 것을 생각하는 것이 두렵고 괴롭다면, 친애하는 카푸스 씨, 신을 정말 잃어버렸는지를 스스로에게 물어보시기 바랍니다. 오히려 당신은 지금껏 한 번도 신을 소유한 적이 없었던 게 아닐까요? 그런 적이 언제 있기나 했던가요? 당신은 어린아이가 신을 마음속에 간직할 수 있다고 믿나요? 어른 남자들도 용을 써야만 겨우 떠받치고, 그 무게 때문에 노인들은 잔뜩 짓눌리는 그런 신을요? 당신은 신을 실제로 소유하고 있는 사람이 작은 돌멩이 한 개를 잃어버리듯이 신을 잃을 수 있다고 믿나요? 아니면 신을 가지고 있던 사람을 신이 잃어버린 거라고 생각하는 건 아닌가요? 하지만 당신이 당신의 어린 시절에 신은 존재하지 않았고, 그전에도 존재하지 않았다는 사실을 깨닫는다면, 예수 그리스도는 자신의 동경 때문에 기만당했고, 마호메트는 자신의 자부심과 오만 때문에 속임을 당한 것이라는 사실을 어렴풋이 알아챘다면, 그리고 신은 우리가 신에 대한 이야기를 나누고 있는 지금 이 시간에도 존재하지 않는다는 사실을 두려움에 사로잡힌 채 느낀다면, 대체 무슨 권리로 한 번도 존재한 적이 없었던 그 신을 마치 과거에 존재했지만 떠나가 버린 어떤 이를 못내 그리워하듯이 그토록 동경하고, 또한 마치 그 신을 잃어버리기라도 한 것처럼 찾으려고 하는 건가요?

왜 당신은 신이 영원으로부터 가까이 다가오고 있는 존재이고, 머지않은 시간에 나타날 존재이며, 미래에 실존하는 존재라고, 그리고 한 그루 나무 −그 나무의 잎들이 바로 우리지요− 에 열린 궁극의 과일이라고 생각하지 않는지요? 바야흐로 생성되고 있는 시간 속으로 당신이 신의 탄생을 내던지지 못하게 가로막는 것은 무엇인가요? 또한 당신이 삶을 한 위대한 잉태의 역사 속에 존재하는, 고통스러우면서도 아름다운 어느 하루처럼 살지 못하게 가로막는 것은 또 무엇인가요? 발생하는 일들은 하나하나가 모두 새로운 시작이며, 시작이란 그 자체만으로도 형언할 수 없을 정도로 항상 아름다운 까닭에 시작이 바로 신의 시작일 수도 있다는 생각은 하지 않는지요? 신이 가장 완벽한 존재라면, 충만하고 넘치도록 풍부한 가운데에서 스스로를 정선할 수 있기 위해서는 신 앞에 신보다 하찮고 보잘것없는 것은 없어야 되는 것 아닐까요? 신은 자신 안에 모든 것을 포용하기 위해서는 궁극적인 존재여야 하지 않을까요? 또한 우리가 열망하고 갈망하는 존재가 이미 존재했다면, 우리는 과연 어떠한 의미를 지닐 수 있는 걸까요?

벌들이 꿀을 모으듯이 우리는 모든 것 가운데에서 가장 달콤한 것을 가져와 신을 만들어 나가지요. 우리는 심지어 보잘것없고 하찮은 것부터, 눈에 띄지 않는 것(그것이 오로지 사랑에서 생겨난 것이라면)부터 시작합니다. 일과 그 일이 끝난 뒤의 휴식, 한 차례의 침묵이나 소소하고 고독한 한 가지 기쁨, 동참자나 신봉자들 없이 우리 힘으로만 하는 모든 일들, 이러한 것들을 가지고 우리는 신을 만들어 나가기 시작하지요. 하지만 우리는 신을 결코 체험하지는 못할 겁니다. 우리 조상들이 우리를 체험할 수 없었던 것처럼요. 하지만 오래전에 세상을 뜬 그 조상들은 기질과 체질로서, 우리의 운명에 올려진 무거운 짐으로서, 쏴쏴 소리를 내며 흘러가는 피로서, 그리고 시간의 심연에서 솟구치는 몸짓으로서 우리 안에 존재하지요.

미래의 어느 날, 신의 안에, 그 아득히 먼 존재, 궁극적인 그 존재의 안에 존재하고 싶은 희망을 당신에게서 앗아 갈 수도 있는 그 무엇인가가 있나요?

친애하는 카푸스 씨, 신은 시작하기 위해 당신의 바로 그, 존재에 대한 불안을 필요로 할지도 모른다는 경건한 마음으로 성탄절을 맞이하시기 바랍니다. 당신이 삶의 과도기에 직면한 최근 며칠은 그야말로 이미 일찍이 어렸을 적에 잔뜩 흥분한 채 신에게 몰두했던 것처럼 당신 안의 모든 것이 신에게 몰두하는 바로 그 시간이 아니었을까, 합니다. 인내심을 갖고 마음속에 화를 품지 마십시오. 그리고 우리가 할 수 있는 최소한의 일은 다가오려는 봄에게 대지가 해 주는 것 이상으로 신에게 신이 변화되어 가는 과정을 어렵게 만들지 않는 것이라는 사실을 생각하시기 바랍니다. 부디 마음을 추스르고 즐겁게 지내시기 바랍니다.

1903년 12월 23일, 로마에서

라이너 마리아 릴케 드림

일곱 번째 편지

친애하는 카푸스 씨,

지난번 편지를 받고 참으로 많은 시간이 흘렀네요. 부디 노여워하지 마시기 바랍니다. 처음에는 일 때문에, 그다음에는 방해물 때문에, 그리고 또 그다음엔 몸 상태가 조금 좋지 않아서 계속 답장을 쓰지 못했습니다. 원래는 평온하고 몸 상태 등 기타 여건이 좋은 날에 답장하려고 했습니다. 이제 몸 상태가 조금 좋아진 것 같아요. (이랬다저랬다 변덕이 심하고 심술궂은 초봄은 이곳에서도 확실히 느낄 수 있었지요) 친애하는 카푸스 씨, 이제야 안부를 전하게 되었습니다. 당신이 쓰신 편지에 대해 이런저런 이야기를 제가 아는 범위 안에서 (성심성의껏) 말씀드리겠습니다.

보시다시피 당신이 쓴 소네트를 그대로 옮겨 적어 보았습니다. 그 소네트는 아름답고 단순할 뿐만 아니라 형식적인 면에서도 천부적인 소질이 엿보일 정도로 훌륭합니다. 이루 말할 수 없이 고요한 우아함이 그 형식 안에 담겨 있더군요. 그 시편은 지금껏 당신이 제게 선보여 주신 시편들 중에서 가장 훌륭합니다. 하여 제가 필사한 당신의 시를 이 편지에 동봉합니다. 왜냐하면 자신의 작품을 다른 사람이 옮겨 적은 것으로 다시금 접하는 것은 중요하면서도 전적으로 새로운 체험이라는 것을 저는 잘 알고 있기 때문이지요. 그 소네트가 어떤 다른 사람이 쓴 것이라고 생각하면서 읽어 보시기 바랍니다. 그러면 그 시가 얼마나 당신 마음과 닮아 있는지를 가슴속 깊이 느끼게 될 겁니다.

그 소네트와 편지를 틈틈이 읽고, 또 읽는 것이 제게 기쁨을 안겨 주었지요. 시와 편지를 보내 주셔서 감사드립니다.

고독 속에 있을 때 고독으로부터 뛰쳐나가기를 소망하는 무언가가 당신의 내면에 있다는 사실에 혼란스러워하지 마시기 바랍니다. 만일 그 소망을 태연자약하면서도 확고한 마음으로, 그리고 하나의 도구를 다루듯 사용한다면, 바로 그러한 소망이 당신이 자신의 고독을 드넓은 대지 위로 넓게 퍼뜨리는 데 도움을 줄 것입니다. 사람들은 (여러 관습의 도움을 받아) 모든 것을 안이한 쪽으로 해결해 왔지요. 안이한 방식 중에서도 가장 안이한 방식으로요. 하지만 우리가 어렵고 힘겨운 것을 신뢰하고 고수해야 한다는 것은 명백한 사실입니다. 살아 숨 쉬고 있는 것들은 한결같이 모두 어렵고 힘겨운 것을 고수하지요. 자연 속에 있는 모든 것들은 각기 자신만의 방식으로 자라고, 스스로를 방어하고, 자신으로부터 스스로 만들어 낸, 오로지 자신만의 독자적인 것입니다. 자연 속에 있는 그 모든 것들은 어떤 대가를 치르더라도, 그리고 어떠한 저항에도 맞서면서 끝내 고유한 것이 되고자 하지요. 우리는 아는 게 거의 없습니다. 하지만 우리가 어렵고 힘겨운 것을 신뢰하고 의지해야 한다는 것은 확실한 사실입니다. 그러한 사실은 영원히 변함이 없을 겁니다. 고독하다는 것은 좋은 것입니다. 왜냐하면 고독이란 어렵고 힘겹기 때문이지요. 무언가 어렵고 힘겹다는 것은 우리가 그것을 하는 또 하나의 이유가 되어야 합니다.

  사랑하는 것 역시 좋은 일이지요. 사랑은 어렵고 힘겨운 것이니까요. 두 사람 사이의 사적이고 친밀한 사랑, 그것은 우리에게 부과된 것들 중에서 필시 가장 어렵고 힘겨운 것이고, 극단적인 것이며, 최후의 시련이자 시험이며, 작업일 것입니다. 그 외의 다른 모든 일들은 사랑이라는 작업의 준비 과정에 지나지 않습니다. 그런 까닭에 젊은이들은, 모든 것에서 초보자인 그들은 사랑이라는 것을 할 수 없지요. 젊은이들은 사랑을 배워야 합니다. 존재를 송두리째 바쳐서, 그리고 고독하고, 두려움에 떨며, 위쪽을 향해 고

동치는 심장 주위로 모여든 모든 힘을 총동원해 그들은 사랑하는 법을 배워야 합니다. 하지만 무언가를 배우는 기간은 늘 길고도 격리된 시간입니다. 그렇기 때문에 사랑은 오랜 시기 동안 삶 속으로 깊이 파고들지요. 사랑은 고독입니다. 누군가를 사랑하는 사람을 위한, 한층 고양되고 심화된 고독이지요. 사랑한다는 것은 일단 활활 타오르고, 헌신하고, 사랑하는 그 상대방과 하나가 되는 것 등을 뜻하지는 않습니다. (그 이유는 다음과 같습니다. 아직 서로 불투명하고, 완성되지 않고, 여전히 혼돈 상태에 있는 두 사람의 합일이 대체 무슨 의미가 있을까요?) 사랑한다는 것은 개개인 하나하나가 성숙해질 수 있는 숭고한 계기이고, 자신의 내면에서 어떠한 존재가 될 수 있는 숭고한 계기이며, 세계가 될 수 있는 계기, 곧 온전히 다른 그 한 사람을 위해 세계가 될 수 있는 숭고한 계기입니다. 사랑하는 것은 그 개개인에 대한 위대하고 지나칠 정도로 과도한 요구이며, 그 개개인을 선택해서 넓고 아득한 것에 대한 소명감을 갖게 하는 그 어떤 것입니다. 젊은이들은 오로지 이와 같은 의미에서만, 곧 자신에게 온전히 몰두하는 과제로서만 ("밤낮으로 귀 기울이고 망치질해야 합니다") 자신들에게 주어지는 사랑을 사용할 수 있겠지요. 몰두와 헌신과 모든 종류의 유대감은 젊은이들을 위한 것이 아닙니다. (아직은 그들은 오랫동안, 아주 오랫동안 힘을 아끼고 모아 놓아야 합니다) 몰두와 헌신과 모든 종류의 유대감은 궁극적인 것입니다. 그런데 이러한 궁극적인 것에 이르기에는 아직은 어쩌면 인간의 현존이 좀처럼 충분하지 못한 것인지도 모르지요. 하지만 젊은이들은 그러한 사실을 너무나도 자주, 그리고 너무나도 심각할 정도로 착각합니다. 그래서 그들은 (참을성이라고는 조금도 없는 게 그들의 본성이지요) 사랑이 다가오면, 스스로를 서로의 발밑에 와락 내던지고, 스스로를 여기저기에 흩뿌리면서 불만과 무질서와 혼돈 속으로 마구 휘말려 듭니다. 하지만 그렇게 된 후에는 어떻게 될까요? 반쯤 녹초가 된 사람들이 잔뜩 밀집해 있을 경우, 삶은 과연 그들에게 무엇을 해 줄 수 있을까요? 그들은 자신들이 모여 있는 것을 유대감이라고, 자신들만의 결속이라고 칭하고 싶어 하고, 그러한 형태를 자신들의 행복감이라고, 또한 자신들의 미래라고 즐겨 부르고 싶어 합니다. 그렇게 되면 그들 각자는 상대방을 위해 스스로를 잃게 되고, 상대방과 장차 자신들에게 다가올 많은 다른 사람들 또한 잃게 되지요. 뿐만 아니라 드넓은 여러 공간과 많은 가능성들 역시 잃어버리게 되고, 고요한, 그리고 불길한 예감에 막연히 휩싸이게 하는 사물들이 가까이 다가왔다가 급작스럽게 사라지는 것을 당황스럽고 절망적이고 혼란스러운 상태와 맞바꾸게 됩니다. 그러한 상태는 황폐하기 짝이 없고, 그러한 상태로부터는 어떤 긍정적인 결과도 도출되지 못합니다. 더 이상 아무것도 도출될 수 없지요. 그러한 상태로부터 비롯되는 것은 오로지 약간의 구토감, 환멸감, 결핍감, 그리고 수많은 관습과 인습들 -그 관습과 인습들은 위험하기 짝이 없는 그 길가의 산악 대피소들처럼 수도 없이 많이 장치되어 있지요- 중 하나로 피난을 가는 것뿐입니다. 우리 인간들이 몸소 겪는 체험들 중에서 이 영역처럼 여러 관습과 인습을 갖춘 영역도 또 없습니다. 그건 바로 실로 다양하게 고안해 낸 구명대들이지요. 거기엔 보트며 부낭浮囊 등이 있습니다. 사회적인 통념은 온갖 종류의 도피처며 피난처를 잘도 만들어 냈습니다. 사회적인 통념은 애정 생활을 쾌감으로 취급하는 경향이 있었던 까닭에 애정 생활마저도 복잡하지 않고 그저 마냥 즐겁고, 일상적이고, 평범하고, 위험 요소라고는 전혀 없으며, 공적으로 통용되는 오락거리들처럼 안전하다고 치장할 수밖에 없었지요.

  잘못된 방식으로, 곧 깊이 생각하지 않고 서슴지 않고 몰두하며 고독과는 관계가 먼 방식으로 사랑하는 많은 젊은이들은 (보통 젊은이들은 늘 그러한 사랑을 하지요) 나쁜 짓을 저지른 데서 비롯되는 압박감과 괴로움을 느끼고, 자신들이 처하게 된 상황을 자신들만의 개인적인 방식으로 지속시키며, 또한 의미 있는 것으로 만들고 싶어 합니다. 왜냐하면 젊은이들의 본성이 그들에게 사랑의 여러 문제들은 일반적으로 중요한 다른 모든 문제들에 비해 공적인 차원에서는 좀처럼 해결될 수 없으며, 이런저런 합의에 의해서도 해결될 수 없다는 것을 말해 주기 때문입니다. 또한 젊은이들의 본성은 그들에게 사랑의 여러 문제들은 인간 대 인간의 관계에서 빈번하게 일어나는 문제들로, 그러한 문제들은 경우마다 하나의 새롭고, 특별하고, **지극히** 개인적인 답변을 필요로 한다는 것을 말해 주기 때문이지요. 하지만 이미 서로에게 몸을 내던진 상태에서 상대방과 거리를 두고 상대방과 자신을 구분 짓지 않는 그들이, 다시 말해 자신의 것이라고는 더 이상 하나도 갖고 있지 않은 그들이 어떻게 자기 자신으로부터의, 이미 메워 버린 고독의 심연으로부터의 출구를 발견할 수 있을까요? 그들은 모두 어찌할 줄 모른 채 행동합니다. 그리고 자신들의 눈에 띄는 관습과 인습을 (예를 들면 결혼 같은 것) 되도록이면 기피하려 하지만, 결국엔 그다지 알려지지는 않았지만 그와 똑같은 정도로 치명적인 인습적 해답의 촉수에 휘감기고 말지요. 왜냐하면 그들을 온통 에워싸고 있는 것들은 전부 관습과 인습이기 때문입니다. 일찍이 뒤섞여 한데 어우러진 하나의 유대감에서, 침울한 기운이 감도는 가운데 짓누르는 듯한 그 유대감에서 비롯된 행위를 할 때는 모든 행동이 늘 인습적이지요. 그와 같은 혼란을 일으키게 하는 모든 관계란 비록 아직은 그다지 통용되고 있지는 않지만 (다시 말하면 일반적인 의미에서 비도덕적이라 할지라도) 각기 나름대로의 인습과 관습을 지니고 있습니다. 그렇습니다. 헤어짐조차 인습적인 조처이며 개성이라고는 하나도 없는, 우연적인 결정일 테지요. 그러한 결정에는 이렇다 할 의지력도, 그로부터 비롯되는 소득도 결여되어 있습니다.

진지하게 바라보는 사람은 그 누구도 죽음에 대해서, 그리고 힘겨운 삶에 대해서 그 어떤 해명도, 해답도, 충고도, 방향성도 아직껏 인식하지 못했다는 사실을 발견하지요. 그리고 우리가, 보이지 않게 감춘 채로 운반해 그 안을 열어 보이지도 않은 채로 넘겨주는 이 두 가지 과제에 대해서는 어떠한 일반적이면서도 합의에 의한 규칙이 탐구되지 않을 것입니다. 하지만 우리가 집단으로서가 아니라 개개인으로서 삶을 제대로, 훌륭하게 영위하겠다는 희망을 품고 살기 시작하면, 우리들 한 사람 한 사람은 그 위대한 것들을 그만큼 더 가까이에서 만날 것입니다. 어렵기 짝이 없는 사랑의 작업이 우리의 발전에 제시하는 요구 사항들은 너무나도 과한 것이라 초보자인 우리는 그 요구 사항들을 처리해 낼 능력이 없지요. 하지만 우리가 가볍고 경박하기 짝이 없는 모든 유희 -그 놀이 뒤에서 사람들은 자신들의 현존재의 가장 절박한 중대성을 피해 몸을 숨겼습니다-에 우리 자신을 몽땅 잃어버리는 대신, 꿋꿋하게 견뎌 내고, 그러한 사랑을 마음에 부담을 주는 무거운 짐으로, 수련 기간으로 감수한다면, 먼 훗날 우리 후손들은 우리 다음에 자그마한 진보를 느끼게 될 것이고, 마음 또한 홀가분해질 것입니다. 그것만으로도 대단한 성과라고 할 수 있겠지요.

이제야 우리는 비로소 한 개인이 다른 어떤 개인과 맺는 관계를 아무 선입견 없이 객관적으로 관찰할 수 있게 되었습니다. 그런데 우리가 그러한 관계를 맺으며 살려고 시도하고자 해도 과연 어떻게 해야 할지 그 길을 알려 주는 귀감이 없습니다. 하지만 시대가 변화하면서 초보자인 동시에 창시자인 우리에게, 잔뜩 겁에 질려 결단성이 결여된 우리 초보자들에게 도움이 될 만한 것들은 이미 꽤 많이 있지요.

처녀들, 그리고 결혼한 여인들은 자신들만의 것을 새롭게 발전시켜 나갈 때 아무래도 당분간은 남성들의 무례한 버릇과 바른 행실을 그대로 따라 하게 되고, 남성들의 여러 직업을 갖게 될 것입니다. 그러한 과도기에 드리워진 불확실성과 불안정성이 사라지고 더 이상 없게 되면, 여성들이 그토록 많이, 가지각색의 모습으로 (우스꽝스러웠던 적도 많았지요) 줄곧 변장을 해 왔던 것은 오로지 여성들만이 갖고 있는 고유한 본성을, 다른 성[#]이 미치는 영향들 −그러한 영향들은 왜곡이란 걸 많이 하지요− 로부터 정화하기 위한 것이었다는 사실이 밝혀질 것입니다. 여성들은 −그들의 내면에 깃들어 있는 삶은 훨씬 더 직접적이고, 훨씬 더 많은 열매와 성과를 맺으며, 훨씬 더 신뢰와 확신에 가득 차 있지요. 그리고 그런 채로 그들의 내면에서 삶을 이어가고 있습니다− 근본적으로 다음과 같은 남성들보다 훨씬 더 성숙하고 인간적인 인간이 되었지요. 그건 의심할 여지가 없는 사실입니다. 배 속에 있는 태아의 무게를 단 한 번도 느껴 보지 못했기 때문에 삶의 표면 아래로 끌어내려지지 않은 경박한 남자들로, 그러한 자들은 오만하고 성격이 급한 탓에 자신이 사랑한다고 여기는 것을 과소평가하지요. 고통에 시달리고 굴욕을 당하면서도 끝까지 꿋꿋이 싸워 온 이 여성이라는 인류는 자신들의 외형적인 지위를 변화시킴으로써 그들이 오로지 여성성밖에 지니지 않는다고 여기던 관습과 인습들을 모두 떨쳐 버리게 되면, 비로소 그 모습을 백일하에 드러낼 것입니다. 또한 여성이라는 인류가 바야흐로 도래하고 있다는 것을 아직껏 느끼지 못한 남성들은 그 사실에 소스라치게 놀라 어쩔 줄 몰라 할 것입니다. 미래의 어느 날, (특히 북구의 여러 나라들에서는 지금 이미 그와 관련된, 믿을 만한 여러 징조가 보입니다. 뿐만 아니라 밝은 빛도 뿜어내고 있지요) 다음과 같은 처녀들과 여인들이 존재하게 될 것입니다. 그네들의 명칭이 더 이상 남성에 대립되는 개념만을 뜻하지 않고, 그 자체로서 존재하는 어떤 것을 뜻하는, 곧 남성적인 것에 대한 보완과 어쩔 수 없이 지체 내에 지니고 있는 태생적 한계가 아닌, 오로지 삶과 현존재만을 떠올리게 하는 그 어떤 것을 뜻하는 처녀들과 여성들이요. 그들은 바로 여성적인 인간이지요.

이와 같은 진전은 사랑이라는 체험 −현재 이러한 체험은 온통 착오와 과오로 점철되어 있지요−을 (시대착오적인 남성들의 의지에 우선 강력하게 맞서) 변화시킬 것입니다. 근본적으로 바꾸어 놓는 데 그치지 않고 남자 대 여자가 아닌 인간 대 인간을 뜻하는 관계로 바꾸어 놓을 것입니다. 또한 한층 더 인간적인 이러한 사랑은 (이런 사랑은 그지없이 배려심이 깊고, 조용조용하고, 사랑의 관계를 맺거나 끝낼 때에도 물 흐르듯이 매끈하면서도 분명하게 그 과정이 진행되지요) 우리가 온 힘을 다해 힘겹게 준비하고 있는 그 사랑과 닮아 있을 것입니다. 그건 바로 두 개의 고독이 서로 보호해 주고, 서로 맞닿아 있고, 서로에게 인사를 건네는 사랑이지요.

한 가지만 더 말씀드리겠습니다. 소년이었을 때 −벌써 오래전 일이지요− 당신에게 부과되었던 그 위대한 사랑을 잃어버렸다고 생각하지 마시기 바랍니다. 그 시절 가슴속에 품고 있었던 위대하고 찬란한 소망들과 오늘날까지도 당신을 꿋꿋이 지탱해 주고 있는 여러 결심이 그 시절에 당신 내면에서 완결된 형태를 갖추고 있었다고 확실하게 말할 수 있는지요? 제 생각에 그 사랑은 당신의 기억 속에 너무나도 강렬하고 선명하게 남아 있을 듯합니다. 왜냐하면 그 사랑은 당신이 태어나서 처음으로 깊이 느꼈던 고독이었고, 당신의 삶에서 처음으로 해냈던 내적인 작업이었기 때문이지요. 친애하는 카푸스 씨, 하시는 모든 일이 이루어지기 바랍니다!

1904년 5월 14일, 로마에서
라이너 마리아 릴케 드림

소네트

칠흑같은 비애가 탄식도 하지 않고 한숨도 쉬지 않은 채
파르르 떨며 내 삶을 꿰뚫고 지나가네.
눈처럼 흩날리는, 내 꿈들의 순수한 꽃 무리는
지극히 고요한 내 날들의 축성식.

하지만 엄청난 의문이 자주 내 좁은 길을 가로막지.
난 작아진 채 호숫가 지나가듯 한기에 떨며 지나가네.
호수 물결을 잴 엄두도 내지 못한 채.

그러면 고통 한 조각 내게 내려앉지.
이따금씩 별 하나 불안스레 반짝이는
흐릿한 여름밤 잿빛처럼 희뿌옇게.

그러면 내 두 손은 사랑을 더듬어 찾네.
뜨거운 내 입이 찾아낼 수 없는 소리를
간절히 기도하고 싶기에……

프란츠 카푸스

여덟 번째 편지

친애하는 카푸스 씨,

또다시 짧게나마 말씀드려야 할 것 같습니다. 도움이 될 만하거나 쓸모 있는 이야기는 거의 말씀드리지 못하지만요. 지난 세월, 당신은 크나큰 슬픔을 수도 없이 많이 겪으셨지요. 그런데 당신은 슬픔이 지나가 버리는 것 역시 몹시 힘겹고, 화도 나고, 불쾌하기도 했다고 말씀하시는군요. 하지만 그 엄청난 슬픔들이 지나가 버렸다기보다는 당신의 가슴 한복판을 가로질러 지나간 것은 아닌지 한번 곰곰이 생각해 보시기 바랍니다. 슬픔에 잠겼을 때, 당신의 내면에서는 많은 것이 변화하지 않았나요? 또한 어딘가에서, 그러니까 당신의 본질 중 어떤 부분이 변화하지는 않았는지요?

사람들은 보통 이런저런 슬픔을 잠재울 생각에 가슴속에 그 슬픔들을 그대로 품은 채로 사람들 틈으로 가는데, 그런 경우의 슬픔들만이 위험하고 해롭습니다. 병이 났는데 말도 안 되는 어리석은 방식으로 대충대충 치료를 받으면, 잠시 뒤에 그 질병들이 이전보다 훨씬 더 무시무시한 모습으로 나타나듯이, 그러한 슬픔들은 잠시 잦아들었다가 이전보다 훨씬 더 무시무시한 모습으로 불쑥 와르르 터져 나옵니다. 그와 같은 슬픔들은 가슴속에서 차곡차곡 쌓이지요. 그러한 슬픔들은 삶입니다. 제대로 피어 보지도 못한 삶이요, 거부된 삶이요, 송두리째 잃어버린 삶이지요. 우리는 그러한 삶 때문에 죽을 수도 있습니다. 만일 우리가 우리 지식이 미치는 범위 그 너머를, 그리고 우리 예감의 요새要塞 외벽 조금 너머를 볼 수 있다면, 아마도 우리는 기쁨을 느낄 때보다 훨씬 더 큰 신뢰감을 가지고 슬픔을 견뎌 낼 수 있을 듯합니다. 왜냐하면 우리가 슬픔에 젖어 있는 그때가 뭔가 새로운 어떤 것이, 뭔가 아직 알려지지 않은 미지의 어떤 것이 우리 안으로 들어오는 바로 그 순간이기 때문입니다. 그런 순간이면 우리의 여러 감정들은 수줍음이 이런 당혹감에 휩싸여 꿀 먹은 벙어리처럼 입을 꾹 다물게 되고, 우리 안에 있는 모든 것이 뒷걸음치고, 고요가 깃들기 시작하며, 그 누구도 알지 못하는 완전히 새로운 것이 그 한가운데에 서서 침묵하지요.

저는 우리의 거의 모든 감정들이 팽팽한 긴장감이 감도는 순간들이라고 생각합니다. 우리는 그런 식의 긴장 상태를 뻣뻣하게 굳어 버린 상태로 느끼지요. 왜냐하면 우리는 낯설어진 우리의 감정들이 더 이상 살아 있는 소리를 듣지 못하기 때문입니다. 또한 우리는 우리 내면에 들어온 그 낯선 것과 단둘이서만 있기 때문이고, 우리에게 친숙하고 익숙했던 것들을 일순간 송두리째 빼앗겨 버렸기 때문이고, 하나의 과도기 —그곳에서 우리는 멈춰 서 있지도 못하지요—의 한가운데에 우리가 서 있기 때문입니다. 이런 까닭에 슬픔 역시 사라져 버리지요. 곧 우리 안에 있는 새로운 것, 새로 추가된 그것은 우리 심장 안으로 들어갑니다. 심장 가장 깊숙한 심실 속으로요. 하지만 그것은 그곳에도 더 이상 존재하지 않지요. 그것은 이미 핏속에 있습니다. 그리고 우리는 그것이 무엇이었는지 알아낼 수도 없지요. 아무 일도 일어나지 않았다고 해도 우리는 그대로 믿을 수도 있을 겁니다. 하지만 우리 자신이 변화했지요. 손님 한 명이 집 안에 들어오면, 집 안 분위기가 달라지는 것과 꼭 같습니다. 우리는 누가 왔는지 말할 수 없습니다. 우리는 결코 그것을 알지 못할 것입니다. 하지만 미래가 그러한 방식으로 우리 내면으로 들어오고 있다는 것을 알려 주는 징후는 수없이 많이 있습니다. 미래는 자신의 모습을 드러내기 훨씬 전에 우리 내면에서 변화된 모습을 갖기 위해서 우리 안으로 들어오고 있지요. 그런 까닭에 우리가 슬픔에 젖어 있을 때는 외롭게 홀로 있으면서 주의를 기울이는 것이 그토록 중요합니다. 그건 바로 겉보기에는 아무런 사건도 일어나지 않고 완전히 멈춰 버린 듯한 순간 -그 순간, 우리의 미래는 우리 안으로 발을 들여놓지요- 이 다른 소란스럽고 우연적인 시점보다 삶에 훨씬 더 가까이 있기 때문입니다. 이런 시점에서는 미래가 마치 외부에서 우리에게 다가오는 것처럼 자신의 모습을 드러내지요. 슬픔에 잠긴 우리가 한층 더 고요할수록, 한층 더 인내심을 가질수록, 그리고 한층 더 솔직할수록 그 새로운 것은 그만큼 더 깊이, 그만큼 더 꿋꿋한 모습으로 우리 내면으로 들어옵니다. 또한 그럴수록 우리는 그 새로운 것을 훨씬 더 잘 갖게 되고, 뿐만 아니라 그 새로운 것은 그만큼 더 우리의 운명이 될 것입니다. 그리고 훗날 그 새로운 것이 '생겨나면'(곧 그 새로운 것이 우리로부터 다른 이들에게로 가면) 우리는 가슴 깊숙한 곳에 그 새로운 것과 우리가 서로 닮아 있고 친밀하다는 느낌이 들게 될 것입니다. 그런데 그것은 꼭 필요한 일입니다. 생소한 것을 뜻밖에 겪게 되는 것이 아니라 오래전부터 원래 우리에게 속해 왔던 것, 오로지 그것만을 겪는 것은 꼭 필요한 일이지요. 그리고 우리의 발전은 점차 그러한 방향으로 이루어질 것입니다. 이미 우리는 이동에 대한 그토록 많은 개념들을 매번 다르게 생각해야 했지요. 우리는, 우리가 운명이라고 일컫는 것이 우리들

밖에서부터 우리들 인간 내면으로 들어오는 것이 아니라, 우리 인간으로부터 밖으로 나오는 것이라는 사실 또한 서서히 깨닫는 법을 배우게 될 것입니다. 그토록 많은 사람들이 자신들의 운명이 자신들의 내면에서 살고 있는데도, 그 운명들을 받아들여 내면에서 변화시키지 못했다는 단지 그 이유만으로 자신들로부터 나온 것을 인식하지 못했습니다. 그들에게 그것은 너무나도 생경해서 얼떨떨한 채로 소스라치게 놀라며 그것이 방금 전에 자신들 안으로 들어온 게 분명하다고 생각했지요. 왜냐하면 그들은 그것과 비슷한 것을 지금껏 자신들의 가슴속에서 한 번도 발견한 적이 없었다고 맹세하듯 말했기 때문입니다. 사람들이 오랫동안 태양의 움직임을 잘못 알고 있었던 것과 마찬가지로 사람들은 지금 다가오고 있는 것의 움직임에 대해서도 여전히 착각하고 있지요. 친애하는 카푸스 씨, 미래는 확실합니다. 하지만 우리는 무한한 공간 안에서 움직이고 있습니다.

우리가 어찌 힘겨워하지 않을 수가 있을까요?

그리고 우리가 또다시 고독에 대해 말한다면, 근본적으로 그것은 우리가 선택하거나 그냥 내버려 두거나 하는 성질의 것이 결코 아니라는 사실이 한층 더 명확해집니다. 우리는 **고독합니다**. 우리는 그러한 사실을 착각하고는 그렇지 않은 척하지요. 그게 전부입니다. 하지만 우리는 고독하다는 사실을 깨닫고 그 사실로부터 출발하는 편이 훨씬 더 좋을 듯합니다. 그럴 경우, 우리는 물론 하늘이 빙빙 도는 듯한 현기증을 느끼겠지요. 왜냐하면 우리의 시선이 머물곤 했던 모든 지점 하나하나를 모조리 빼앗기기 때문입니다. 가깝고 친밀했던 것이라곤 더 이상 하나도 없고, 멀리 떨어져 있는 것들은 모두 아득히 멀게만 느껴지지요. 자신의 방에 있던 어떤 사람을 아무런 준비 없이, 그리고 이렇다 할 중간 과정 없이 눈 깜짝할 사이에 어느 커다란 산꼭대기에 턱 하니 서 있게 만든다면, 그 사람 역시 그와 비슷한 느낌이 들 게 분명합니다. 극심한 당혹감이 들면서 형언할 수 없는 익명의 것에 내던져진 것만 같아 그 사람은 자신이 거의 파괴되어 소멸되는 듯한 기분이 들 테지요. 또한 자신이 아래로 아래로 계속 떨어지는 듯한 기분이 들거나 우주 공간 속으로 내팽개쳐진다거나, 아니면 수없이 많은 조각으로 폭발되는 것만 같을 거예요. 그 사람의 뇌는 자신의 여러 감각들을 다시금 회복시키고, 자신에게 일어난 일을 스스로에게 설명하기 위해서 엄청난 거짓말을 꾸며 내지 않을 수 없을 것입니다. 고독감에 사로잡히게 되는 사람에게는 그런 식으로 모든 서리감이, 모든 적노가 변화합니다. 이러한 변화가 일어남으로써 수많은 변화가 일어나지요. 그렇게 되면 산꼭대기에 서 있게 된 그 남자의 경우와 마찬가지로 여러 상상과 이상야릇한 느낌들이 생겨납니다. 그런데 이러한 것들은 우리가 견뎌 낼 수 있는 범위를 넘어서 있는 것처럼 보이지요. 하지만 우리는 그러한 것 역시 반드시 체험해야 합니다. 우리는 우리의 현존재를 최대한 폭넓게 받아들여야 합니다. 그 안에서는 모든 것이, 심지어 지금껏 우리가 전혀 들어 보지 못한 것까지도 가능해야 합니다. 그것이 근본적으로 우리에게 요구되는 유일한 용기지요. 우리가 마주칠 수 있는 지극히 기이하고, 지극히 이상야릇하고 신기한, 그야말로 설명할 수 없는 것에 대한 용기인 것이지요. 이와 같은 의미에서 인간이 비겁했다는 것은 우리의 삶에 이루 말할 수 없는 손해를 끼쳤습니다. 사람들이 "환영"이라고 부르는 체험들, 이른바 모든 "혼령의 세계"와 죽음처럼 우리와 너무나도 밀접한 관계를 유지했던 이 모든 것들은 날이면 날마다 사람들에게 거부당함으로써 삶 밖으로 밀려났습니다. 그런 까닭에 그러한 것들을 이해할 수 있는 우리의 감각들은 서서히 그 힘을 잃어버렸습니다. 신에 대해서는 더 말할 나위도 없지요. 하지만 설명할 수 없는 것에 대한 두려움은 비단 인간 개개인의 현존재만을 한층 더 초라하게 만든 것이 아니라, 인간과 인간 사이의 관계들 또한 그 두려움 때문에 제한을 받게 되었습니다. 그러한 상황은 마치 무한한 가능성이 잠재되어 있는 강바닥으로부터 아무 일도 일어나지 않는, 강 가장자리의 쉬고 있는 땅으로 끄집어내진 것과도 같지요. 왜냐하면 이런저런 인간관계를 한없이 단조롭게 만들고, 매번 똑같이 되풀이 되도록 만드는 것은 단지 태만함 때문만은 아니기 때문입니다. 그렇게 만드는 것은 어떤 새로운, 좀처럼 예측되지 않는 체험 −우리는 그러한 체험을 감당할 수 없다고 생각하지요−에 대한 두려움 때문이기도 합니다. 그러한 두려움이 일면 새롭고 예측되지 않는 체험을 멀리하게 됩니다. 하지만 모든 것을 고려하고 그에 대한 준비가 되어 있는 자만이, 그 어떤 것도, 지극히 불가사의한 것까지도 배제하지 않는 자만이 활기차게, 그리고 생동감이 넘칠 정도로 어떤 다른 사람과 관계를 맺게 될 것이며, 자신의 현존재를 조금도 남김없이 스스로 활짝 펼칠 것입니다. 왜냐하면 우리가 개개인의 이러한 현존재를 비교적 큰 방이나 비교적 작은 방으로 생각하듯이 대부분의 사람들은 자신들의 방 한 구석만을, 또는 창가 쪽 자리나 그들이 왔다 갔다 하는 길고 좁은 지역만을 알고 있다는 사실이 드러나기 때문입니다. 그렇게 해서 그들은 일종의 안정감을 얻게 됩니다. 하지만 포*의 몇몇 단편에 등장하는 죄수들이 자신들이 갇혀 있던 무시무시한 감옥에서 느낀 그 위험천만한 불확실성이 훨씬 더 인간적이지요. 그 죄수들은 불확실성을 느끼고는 그 감옥이 과연 어떠한 형상을 띠고 있는지 손으로 더듬어 보지 않고는 견딜 수가 없었지요. 또한 그러한 불확실성은 죄수들

---

* 에드거 앨런 포. 1809-1849. 미국의 시인 · 소설가 · 비평가

로 하여금 자신들이 지금 있는 곳이 이루 말할 수 없이 끔찍하고 무섭다는 느낌이 들어도 그런 느낌이 완전히 낯선 것은 아니라고 여기게 했습니다. 하지만 우리는 죄수가 아닙니다. 우리 주위에는 덫도, 올가미도 놓여 있지 않고, 우리에게 두려움을 안겨 준다거나 괴롭힐 만한 것 또한 없습니다. 우리는 삶 속에 놓였습니다. 우리가 가장 많이 닮아 있는 그 기본 원리서의 삶 속에요. 게다가 우리는 수천 년에 걸친 적응 과정을 통해 그 삶과 너무나도 비슷하게 되어 버렸습니다. 그런 까닭에 꼼짝달싹하지 않고 가만히 있으면, 동물들의 보호색이나 위장술처럼 우리 역시 그러한 방식을 통해 우리를 에워싸고 있는 모든 것들과 거의 구분이 되지 않지요. 우리는 우리의 세계에 대해 의심할 아무런 근거도 갖고 있지 않습니다. 왜냐하면 그 세계는 우리에게 적대적이지 않기 때문입니다. 그 세계가 이런저런 공포를 갖고 있다면, 그 공포는 우리의 공포이고, 그 세계가 여러 심연을 갖고 있다면, 그것들은 우리의 심연이고, 이런저런 위험이 존재한다면, 우리는 그것들을 사랑하도록 노력해야 합니다. 그리고 우리가 항상 어렵고 힘겨운 것을 신뢰하고 그것에 의지해야 한다고 조언하는 저 기본 원리에 따라 오로지 우리의 삶만을 펼쳐 나간다면, 여전히 우리의 눈에 지극히 낯설고 생소한 것으로 보이는 것은 가장 친숙하고 믿음직스러운 것이 될 것입니다. 모든 민족의 발상이 이루어질 때 생성된

저 오랜 신화들을 우리가 어떻게 까맣게 잊을 수 있겠습니까? 최후의 순간에 공주로 변하는 용들에 대한 신화들을요. 어쩌면 우리 삶 속에 존재하는 용들이란 언젠가 아름답고 용맹한 우리의 모습을 보기만을 오매불망 기다리는 공주들일지도 모르지요. 어쩌면 끔찍하고 섬뜩하고 무시무시한 것들이란 모두 그 깊은 저변에서는 우리의 도움을 받고 싶어 하는, 무방비 상태의 한없이 나약한 존재들일지도 모릅니다.

그러니까 친애하는 카푸스 씨, 지금껏 한 번도 본 적이 없는 엄청난 슬픔이 바로 눈앞에서 치솟는다 해도 절대로 소스라치게 놀라면 안 됩니다. 한 가닥 불안이 마치 빛과, 땅바닥에 드리워진 구름의 그림자처럼 당신의 두 손 위로, 그리고 당신이 하는 모든 행동 위로 지나갈 때도 놀라면 안 되고요. 어떤 일이 자신에게 일어나고 있다는 것, 삶은 당신을 잊지 않았다는 것, 그리고 그 삶은 당신을 손에 꼭 쥐고 있다는 것을 생각해야 합니다. 삶은 당신의 손을 놓아 버림으로써 당신이 쓰러지지 않게 할 것입니다. 당신은 왜 자신의 삶에서 그 어떤 불안감, 그 어떤 고통, 그 어떤 우울을 내쫓아 버리려고 하는지요? 그러한 상태가 당신에게 어떠한 영향을 미치는지 알지도 못한 채로요. 왜 당신은 그 모든 것들이 어디에서 비롯되어 어디로 가려고 하는 것인가, 하는 질문으로 스스로를 괴롭히려고 하는지요? 당신은 자신이 몇 차례에 걸친 과도기를 겪고 있다는 것과 스스로를 변화시키는 것, 오로지 그것만을 그토록 소망했다는 것을 잘 알고 있잖아요. 당신이 겪는 여러 과정들 중 어떤 것이 병적인 특성을 지닌다면, 질병이란 하나의 생물체가 이물질로부터 스스로를 해방시키는 수단이라는 사실을 깊이 생각하시기 바랍니다. 우리는 그 생물체가 병을 앓도록 도와줘야 합니다. 그 생물체가 자신의 질병을 온전히 고스란히 전부 갖도록, 그리고 병세가 악화하도록 도와줘야 합니다. 왜냐하면 그러한 것이 생물체의 발전이기 때문이지요. 친애하는 카푸스 씨, 지금 당신의 내면에서는 참으로 많은 일이 일어나고 있습니다. 당신은 질병에 걸린 환자처럼 인내심을 가져야 하고, 건강이 조금씩 회복되고 있는 사람처럼 굳건한 믿음을 가져야 합니다. 왜냐하면 당신은 환자이기도 하고, 동시에 회복되고 있기도 한 것 같기 때문이지요. 그뿐만이 아닙니다. 당신은 스스로를 관찰하고 다스려야 하는 의사이기도 합니다. 하지만 어떤 질병이건 의사가 하염없이 그저 기다리는 것 말고는 아무것도 할 수 없는 날이 많이 있지요. 그리고 당신이 스스로의 주치의이니만큼 무엇보다 지금 해야 하는 것은 바로 기다리는 것입니다.

 스스로를 너무 지나칠 정도로 관찰하지는 마세요. 자신에게 일어난 일에 너무 성급히 결론을 내리지 마십시오. 어떤 일이 일어나든 그냥 내버려 두시기 바랍니다. 그렇지 않으면 너무 쉽사리 자신의 지나간 과거를 이렇게 저렇게 비난하고 질책하면서 (도덕적인 측면에서요) 돌아보게 될 테니까요. 물론 그 과거는 지금 당신이 접하는 모든 것에 일정 부분 관여하고 있지요. 소년 시절에 겪었던 이런저런 혼란, 여러 가지 소망과 동경이 당신의 내면에서 그 힘을 미친다고 하더라도 그러한 것들은 당신이 회상하고 부정적으로 평가를 내릴 대상들이 아닙니다. 무릇 외롭고 스스로 어찌할 줄을 모른 채 속수무책이었던 어린 시절의 매우 독특한 상황들은 너무나도 힘겹고, 너무나도 복잡하고, 너무나도 많은 영향들을 받게 되어 있고, 또한 동시에 실질적인 삶과 맺을 수 있는 모든 관계를 맺지 못한 채 그로부터 완전히 벗어나 있기 때문에 어떤 하나의 악덕이 그 어린 시절 속으로 들어온다고 하더라도 그 악덕을 서슴지 않고 대번에 악덕이라고 불러서는 안 됩니다. 우리는 어떤 것에 이름을 붙일 때는 특별히 신중을 기해야 합니다. 어느 한 사람의 삶을 산산이 부서뜨리는 것은 어떤 한 범죄에 붙여진 **명칭** 때문일 때가 자주 있지요. 지극히 개인적이고 알려지지 않은 행위 자체가 아니고요. 그러한 행위는 그 사람이 살면서 그야말로 불가피했던 것이었을 수도 있지요. 그렇기 때문에 그의 삶이 그러한 필연성을 어렵지 않게 받아들일 수 있었을지도 모릅니다. 당신 눈에 정신력과 체력을 너무 많이 쓴 것처럼 보이는 것은 당신이 승리를 과대평가하기 때문입니다. 그 승리는 당신이 이룩했다고 여기는 그 "위대한 것"이 아닙니다. 물론 당신이 그렇게 느끼는 게 전혀 틀린 건 아니겠지만요. 위대한 것은 그러한 기만 대신에 가져다 놓아도 될 수 있었던 것, 곧 진실하고 참된 것이 당신의 내면에 이미 있었다는 사실입니다. 만일 그러한 것이 없었다면, 당신의 승리는 한낱 하나의 도덕적인 반응에 지나지 않았을 겁니다. 별로 중요하지 않은 도덕적인 반응이요. 하지만 당신이 이룩해 낸 승리는 당신 인생의 한 장*이 되었지요. 친애하는 카푸스 씨, 당신의 삶을 생각할 때면 저는 부디 당신의 수많은 소망이 이루어지기를 바라는 바입니다. 그 삶이 어린 시절부터 얼마나 그 "위대한 것"을 줄곧 동경해 왔는지 기억하는지요? 제 눈에는 그 삶이 위대한 것으로부터 나아가 한층 더 위대한 것을 동경하고 있는 것이 보입니다. 그런 까닭에 그 삶은 힘겨운 상태로 머물기를 멈추지 않지요. 하지만 바로 그런 이유로 그 삶은 성장하는 것 역시 멈추지 않을 것입니다.

  한 가지 더 말씀드릴 것이 있다면, 바로 다음과 같은 것입니다. 당신을 위로해 드리려고 애쓰는 이 사람이 때때로 당신 기분을 좋게 해 드릴 생각에 단순하고 평온한 내용의 말을 담담하게 하면서 아무런 어려움 없이 편안하게 살고 있다고 생각하지는 마시기 바랍니다. 제 삶은 수많은 고충과 슬픔을 품에 안고 있으며, 당신의 삶보다 훨씬 뒤처져 있습니다. 하지만 만일 그렇지 않았다면, 저는 결코 그와 같은 말들을 해낼 생각을 하지 못했을 겁니다.

1904년 8월 12일, 스웨덴 플레디에에 위치한

보르예뷔 고르드에서

라이너 마리아 릴케 드림

아홉 번째 편지

친애하는 카푸스 씨,

요즘 편지를 통 쓰지 못했습니다. 여행 중이기도 했고, 또 너무나 바빠서 답장을 쓸 수가 없었지요. 오늘도 편지를 쓰는 게 무척 힘드네요. 이미 많은 편지를 써야 했기 때문에 손이 뻐근합니다. 누군가 제 말을 편지지에 받아 적는다면, 저는 많은 이야기를 당신에게 들려드릴 수 있을 텐데요. 하지만 보내 주신 긴 편지에 짧게나마 답장을 쓰겠습니다.

친애하는 카푸스 씨, 저는 당신을 자주 생각합니다. 제 편지가 당신에게 어떤 식으로든 꼭 도움이 되었으면, 하는 간절한 소망을 품고요. 제가 보내 드린 편지들이 실제로 도움이 될 수 있을지 저는 자주 의구심이 들곤 하지요. 제 편지가 도움이 된다고 말씀하지 마십시오. 크게 고마워하지 마시고 그냥 편안하게 편지를 받아 주시기 바랍니다. 그리고 어떤 결과가 나올지 우리 함께 기다려 보지요.

당신이 하신 말씀에 제가 일일이 답변을 드리는 것은 별 도움이 될 것 같지 않네요. 왜냐하면 기질적으로 회의감에 젖는 면이나 아니면 외적인 삶과 내적인 삶을 조화시키지 못하는 당신의 무능력, 또는 그밖에 압박감에 시달리게 하는 모든 것들에 대해 당신에게 말씀드릴 수 있는 것은 이미 제가 매번 했기 때문입니다. 저는 당신이 꿋꿋이 견뎌 낼 수 있는 인내심과 믿음을 가질 수 있는 단순함을 내면에서 발견했으면, 하고 소망했지요. 또한 힘겹고 어려운 것에 대해, 그리고 사람들 가운데 있을 때 당신이 느끼는 고독감에 대해 점차 깊은 신뢰감을 가졌으면, 하고도 바랐고요. 그리고 한 마디 덧붙이자면, 삶이 펼쳐지는 대로 스스로를 맡겨 두시기 바랍니다. 제 말을 믿으십시오. 삶은 절대로 틀리지 않습니다. 어떠한 경우든 삶은 옳지요.

그리고 감정에 대해서 말씀드리겠습니다. 당신의 모든 면이 반영되고, 당신을 일으켜 세워 주는 감정들은 모두 순수합니다. 하지만 당신의 본질의 단 한 면만을 포착해 당신을 극심할 정도로 왜곡하는 감정은 순수하지 못하지요. 당신이 자신의 어린 시절과 관련해 생각할 수 있는 것은 어떤 것이건 모두 좋습니다. 지금까지의 시간들 중에서 최고로 좋았던 때보다 훨씬 더 많은 것을 스스로에게서 만들어 내는 것은 그 어떤 것이든 옳고 적절합니다. 감정이 격앙되는 것은 그 기운이 당신의 피에 흐를 때, 또한 그것이 도취도, 우울도 아닌 기쁨 -그 기쁨의 근원이 보이지요- 일 때 소중합니다. 제가 드리는 말씀이 무슨 뜻인지 이해가 되시는지요?

그리고 당신이 종종 빠지곤 하는 회의는, 그것을 잘 키워 내기만 하면, 훌륭한 특성이 될 수 있습니다. 회의는 정통하고 있는 상태에 이르러야 합니다. 또한 회의는 비평 그 자체가 되어야 합니다. 회의가 당신의 어떤 것을 망쳐 놓으려고 할 때면 '넌 그게 불쾌하냐'고 회의에게 그때그때 물어보십시오. 그 녀석에게 증거를 대라고 요구하고 녀석을 시험해 보십시오. 그러면 녀석이 어쩔 줄 몰라 하며 당황하는 모습을, 그리고 어쩌면 벌컥 화를 내며 대드는 모습 또한 발견하게 될 겁니다. 하지만 절대 굴복하지 말고, 논거를 제시하라고 요구하십시오. 그리고 그럴 때는 매번 신중하면서도 의연하게 행동하십시오. 그러면 파괴자였던 회의가 당신의 가장 훌륭한 일꾼들 중 하나가 되는 날이 올 것입니다. 십중팔구 회의는 당신의 삶을 구축해 나가는 모든 일꾼들 중에서 가장 총명한 일꾼이 될 것입니다.

친애하는 카푸스 씨, 제가 오늘 말씀드릴 수 있는 것은 이게 전부입니다. 하지만 최근 프라하에서 발행된 〈독일의 연구〉*지에 실린 제 짧은 작품의 별쇄본을 이 편지에 동봉합니다. 그 시를 보면 삶과 죽음에 대한 제 생각이 어떠한지 잘 알 수 있을 겁니다. 또한 삶과 죽음이 위대하고 이루 말할 수 없이 경이롭다고 제가 쓴 것도요.

1904년 11월 4일, 스웨덴의 욘세레드에 위치한 푸루보리에서
라이너 마리아 릴케 드림

---

* 독일의 학문·예술·문학 등에 관한 내용이 실려 있다.

열 번째 편지

친애하는 카푸스 씨, 보내 주신 이 멋진 편지를 받고서 제가 얼마나 기뻐했는지 모르시죠? 전해 주신 이런저런 소식들은 마치 지금 또다시 재현되고 있는 것처럼 생동감 있게 느껴지고, 언어로 그대로 표현될 수도 있었지요. 그 소식들은 좋은 소식들 같네요. 골똘히 생각하면 생각할수록 정말 좋은 소식들같이 여겨지는군요. 사실은 성탄절 전야에 답장을 쓰려고 했습니다. 하지만 이번 겨울에는 여러 가지 일을 쉼 없이 하며 지내다 보니 오랜 전통을 지닌 축제가 너무나도 빨리 다가왔지요. 그런 까닭에 꼭 해결해야 하는 몇 가지 일들을 처리할 시간도 빠듯했습니다. 당신에게 답장을 쓸 시간은 더더욱 없었고요.

이번 성탄절 연휴에 저는 당신 생각을 문득문득 자주 했습니다.

당신이 황량하고 적막한 산들 −그 산들 위로는 남쪽에서 거세게 불어오는 바람이 마치 그것들을 덥석덥석 삼켜 버리기라도 할 듯이 무섭게 휘몰아치고 있지요− 사이에 있는 고적한 요새 안에서 침묵 속에 빠져 얼마나 조용히 계셔야 하는 것일까, 하고 상상해 보았습니다.

그러한 소음과 움직임이 깃들어 있는 그곳은 틀림없이 지극히 고요할 테지요. 그리고 그 모든 것에 멀리 있는 바다의 현존이 어우러져 동시에 함께 울리는 것 −아마도 선사 시대의 그 화음 가운데에서 가장 내밀한 음향이겠지요− 을 생각해 볼 때, 당신에게 제가 기원할 수 있는 것은 다음과 같은 것입니다. 당신의 삶에서 더이상 지워 버릴 수 없을 그 탁월하고 훌륭한 고독이 저 혼자 힘을 쓰도록 깊은 신뢰감과 인내심을 가지고 내버려 두시기 바랍니다. 고독은 당신이 머지않아 체험하고 행하게 될 모든 것들 속에서 자신의 이름을 숨긴 채 그 영향력을 미칠 것입니다. 지속적으로, 그리고 조용히 결정적인 영향을 끼칠 것입니다. 그것은 마치 우리 몸에 조상들의 피가 끊임없이 흐르고, 우리 자신의 피와 어우러져 유일무이한 것, 곧 결코 되풀이될 수 없는 것이 이루어지는 것과도 같습니다. 삶을 살면서 전환점을 맞이할 때마다 우리는 바로 그 유일무이한 것이 되지요.

그렇습니다. 당신이 그처럼 확고한, 그리고 언어로 표현할 수 있는 실존을 갖고 있어서, 곧 그와 같은 직위에 재직하고 있고, 그와 같은 제복을 입고, 그와 같은 업무를 수행하고 있어서 저는 기쁩니다. 구체적이고 명료하면서도 제약을 가지고 있는 이 모든 것들은 그 수가 많지 않은 부대 사병들 ―그들 또한 고립된 상태에 처해 있지요―과 함께하는 그러한 환경에서는 진지하고 필연적인 성격을 지니게 됩니다. 또한 군인이라는 직업에 종사할 때 자칫 야기될 수 있는, 곧 진지함이나 책임감이 없는 점, 그리고 그렁저렁 시간이나 때우려는 태도 등을 뛰어넘어 방심하지 않고 주의 깊게 전력투구하는 것을 의미하며, 독자적인 집중력을 허용할 뿐만 아니라 그것을 키워 내기도 하지요. 그리고 우리에게 총력을 기울이고, 때때로 우리를 위대한 자연의 사물들 앞에 세우는 여러 상황에 우리가 놓여 있는 것, 그것이 바로 우리가 긴급하게 필요로 하는 전부입니다.

　예술 역시 삶의 한 방식에 지나지 않습니다. 그리고 우리는 어떤 식으로든 살아가면서 스스로 의식하지 못한 채 예술을 준비할 수 있습니다. 우리는 완전성과는 거리가 먼, 예술 냄새 풍기는 얼치기 직업들에 종사할 때보다 어떤 것이든 현실적인 일을 할 때 훨씬 더 예술에 가깝고 근접해 있지요. 그런데 예술 냄새 풍기는 그 얼치기 직업들은 예술에 근접해 있는 척하기는 하지만, 실제로는 모든 예술의 현존재를 부인하고 공격합니다. 예를 들면 모든 저널리즘이 그렇듯이요. 또한 거의 모든 비평도 그렇고, 문학이라고 불리는 것, 그리고 문학이라고 불리고 싶어 하는 것의 4분의 3이 그러하지요. 한마디로 말씀드리면 저는 당신이 그런 쪽에 빠질 위험성을 극복해 내고, 또한 이 험난한 현실 세계의 그 어딘가에서 고독하면서도 용감하게 존재한다는 점이 기쁩니다. 다가오는 새해에는 그러한 면이 계속 유지되고 한층 더 강화되기를 바랍니다.

1908년 12월 26일, 파리에서
늘 한결같은 라이너 마리아 릴케 드림

| 옮긴이의 말 |

고독을 마주하며 꽃을 피워 낸
시인 라이너 마리아 릴케의 서간집

〈젊은 시인에게 보내는 편지〉

    독일어권 문학에서 가장 중요한 서정 시인 중 하나로 꼽히는 라이너 마리아 릴케Rainer Maria Rilke는 장편소설『말테의 수기』외에도 '한국인이 가장 좋아하는 시인'인 윤동주의 시「별 헤는 밤」을 통해 우리에게 널리 알려져 있다. 다소 난해하고 종종 신비한 분위기도 풍기는 작품을 쓴 릴케는 독일의 노벨 문학상 수상 작가인 토마스 만Thomas Mann이나 역시 노벨 문학상을 받은 헤르멘 헤세Hermann Hesse와 비견될 정도로 두터운 해외 독자층을 갖고 있다.

    오스트리아-헝가리 제국의 지배하에 있던 보헤미아의 프라하에서 태어난 릴케는 백혈병으로 고생하다가 51세의 나이로 삶을 마감할 때까지 수많은 시와 산문을 썼다. 그는 아주 어릴 적부터 시를 쓰기 시작했다. 마치 펜에서 시구^{詩句}가 술술 흘러나오는 것처럼 시를 짓던 그는 9세 때는 「슬픔을 탄식하노라」라는 제목의 시를 썼다. 그의 시작^{詩作}은 쉼 없이 이어져서 19세 때 여자 친구의 도움을 일정 부분 받아 자비로 첫 시집을 낸 이후로 열 권 이상의 시집을 출간했고, 희곡, 소설(단편·장편), 에세이, 서평, 평론, 전기, 소논문 등의 수많은 산문을 집필했다. 하지만 그 수많은 산문의 양보다 그가 더 많이 쓴 것은 무려 1만여 통에 이르는 편지글이다. 십 대에 시작되어 세상을 타계하기 2주 전까지 계속된 편지는 지금껏 총 29권의 서간집으로 출간되었다. 그 서간집들에는 그가 자신의 어머니에게 쓴 1,134통의 편지를 비롯해 친구, 애인, 후원자, 작가, 예술가, 지인, 출판업자, 만난 적은 없지만 편지를 주고받으면서 알게 된 이들에게 쓴 편지들이 각기 실려 있다.

릴케가 쓴 편지의 수신인들은 그와 개인적으로 안면이 없는 경우가 많았다. 그의 서간집 중에서 가장 널리 알려진 『젊은 시인에게 보내는 편지』 역시 릴케가 한 번도 만나 보지 못한 보헤미아 청년에게 5년 10여 개월 동안 보낸 10통의 답장으로 이루어져 있다. 릴케의 서간집은 그와 편지 수신인이 서로 주고받은 편지글이 모두 실린 것과 그의 편지글만 실린 것으로 구분되는데, 이 서간집에는 유감스럽게도 수신인 프란츠 크자버 카푸스Franz Xaver Kappus가 쓴 편지는 실려 있지 않다. 대신 독자는 1929년 독일 인젤출판사에서 출간된 그 서간집 머리말에서 카푸스가 독자들에게 전하는 목소리를 들을 수 있다.

당시 19세로 비너 노이슈타드 사관학교에 다니고 있던 카푸스는 어떻게 해서 릴케에게 편지를 쓰게 된 것일까? 그는 사관학교에 딸린 공원에서 릴케의 네 번째 시집 『나의 축제를 위하여』를 탐독하던 중, 자신에게 다가온 교목에게서 릴케에 대한 이야기를 들게 된다. 사관학교를 졸업한 뒤, 장교 후보생으로 임명될 예정이던 카푸스는 여가 시간에는 시를 쓰는 문학청년이었다. 그는 사관학교의 교육 과정에 좀처럼 만족을 느끼지 못했고, 미래의 직업에 대한 확신 또한 없었다. 교목으로부터 릴케가 자신의 학교 선배였다는 사실을 전해 들은 그는 사관학교를 졸업했지만, 군인의 길을 걷지 않고 작가가 되어 다양한 창작 활동을 성공적으로 하고 있는 릴케로부터 조언을 구하기 위하여 편지를 쓰기로 결심한다. 시인이 되고자 하는 열망이 강렬했던 카푸스는 첫 번째 편지에 자신이 지은 시 몇 편을 동봉한다.

  몇 주 후, 카푸스는 릴케의 정성 어린 친필 편지를 받는다. 당시 28세의 릴케는 이미 상당한 문학적 성취를 이룬 작가였다. 네 권의 시집을 비롯해 다수의 희곡, 단편집, 『로댕 평전』을 출간하고 번역 작업도* 한 그는 자신보다 여덟 살 어린 카푸스에게 솔직하면서도 진지하게 그가 앞으로 해야 할 것과 피해야 할 것을 조언한다. 뭇사람들로부터 인정받고 싶은 야망을 버리고 자신의 내면으로 침잠해 고독을 마주하고, 자신의 문학적 열망이 내적 필연성을 갖는지 여부를 확인하고, 인내심을 갖고 내면의 목소리에 귀 기울이라고 릴케는 충고한다. 자신의 글에 대한 비평 글을 평생 읽지 않았던 릴케는 카푸스의 자작시들에 대해 평가하는 대신, 비평의 속성과 한계를 언급하고, 여러 잡지사에 투고하는 일 등은 중단하라고 단호하게 말한다. 19세 때 첫 시집을 내기 전에 이미 수백 편의 시를 지었던 릴케는 그 후 지방 신문과 문학잡지 등에

---

* 뛰어난 번역가이기도 했던 릴케는 시, 소설, 희곡, 편지, 설교문 등의 여러 장르의 글을 독일어로 옮겼다. 이십 내 초반, 만성적인 성세석인 궁핍에서 벗어나기 위해 러시아어 전문번역가로 활동히려는 꿈도 갖고 있었던 그는 야콥센의 몇몇 작품과 체호프 등의 러시아 작가들의 작품, 죄렌 키에르케고르가 자신의 약혼녀에게 쓴 편지, 앙드레 지드, 폴 발레리와 같은 프랑스 작가들의 작품 등도 번역하고. 당대 작가들의 감동적인 작품을 접하면 그때그때 번역해 일간지나 문학잡지에 소개했다. 병이 악화된 삶의 마지막 해에도 그는 폴 발레리의 산문과 프랑스 시집을 독일어로 옮겼다.

부지런히 시를 발표하고 투고하고, 문학 관련 팸플릿을 발행하고, 이런저런 문학 모임에도 참석했다. 문학적 열망과 야망이 지나친 나머지 사사로운 실수도 저질렀던 그는 시인 지망생이었던 카푸스의 갈등과 고민과 열정이 담긴 편지를 읽으면서 자신의 지난 시절을 보는 듯한 느낌이 들었을 것으로 추측된다.

릴케가 쓴 두 번째 편지부터 마지막 편지까지의 총 9통의 답장을 살펴보면, 카푸스가 언급했을 듯한 내용을 유추할 수 있다. 릴케가 중시하는 책, 귀감으로 삼는 예술가, 예술 작품의 탄생 과정, 성과 사랑, 고독으로 인한 중압감, 불안감과 우울감과 슬픔, 신에 대한 의문점들, 소년 시절에 겪었던 이런저런 혼란, 여러 가지 소망과 동경 등이 바로 그러한 것들이다. 릴케는 이 모든 것들에 대해 자신만의 견해를 피력한다. 첫 번째 편지에서 언급된 고독과 내면세계는 마지막 편지까지 시종일관 강조된다. 그는 삶을 살 때나 시를 지을 때 내면으로 향하고, 우리 인간에게 내재된 것들, 곧 고독감이나 슬픔 등이 우리를 엄습할 때는 그것들에 휘둘려서 그것들에서 벗어나려고 하지 말고 그것들과 직면하라고 충고한다. 그에 따르면 우리에게 유일하게 필요한 내면의 위대한 고독을 마주하고 고독을 사랑하면, 내적인 삶이 성장하고, 인습이나 타인의 견해에서 독립된 여러 인식을 갖게 된다. 또한 고독은 우리가 살면서 겪게 되는 고통을 극복하게 해 주는 가능성을 제공하며, 예술은 고독한 개인이 자신의 자아를 실현하기 위한 수단이다. 한없는 고독감에서 예술 작품이 탄생하는 것이다. 릴케가 고독을 자신의 삶에서, 그리고 자신의 창작 세계에서 가장 중요한 화두로 삼은 것은 카푸스에게 언급한 대로 자신의 마음의 두 스승 중 한 명인 덴마크 소설가 옌스 페터 야콥센Jens Peter Jacobsen의 영향 때문이다. 고독은 '진정한 영약靈藥'이라고 칭송한 릴케는 창작을 하기 위해 스스로를 극도로 고통스러울 정도의 고독 속으로 내몰았다.

고독 외에 이 서간집에서 반복되어 언급되는 것은 '인내심'과 '사물'이다. 릴케는 그 두 가지를 마음의 두 번째 스승인 프랑스 조각가 프랑수아 오귀스트 르네 로댕Francois Auguste Rene Rodin에게서 배웠다. 글을 창작하려면 영감이 떠올라야 한다고 굳게 믿었던 릴케는 글을 쓸 때는 한없는 행복감을 느꼈지만, 한 줄도 쓰지 못할 때는 초조감과 불안감에 휩싸였다. 세 식구의 가장이 된 그는 한 출판사로부터 로댕론을 청탁받고 1902년 파리에서 로댕을 방문했을 때, "예술가는 과연 어떻게 살아야 하"느냐고 물었다. 이미 예순이 넘은 로댕은 "작업하는 거죠. 오로지 작업만 하는 겁니다. 그리고 인내심을 가져야 합니다."라고 대답했다. 로댕은 릴케와는 달리, 영감이 자신을 찾아오기를 막연히 기다리지 않고, 자신이 작업하는 바로 그 과정에서 영감을 얻은 것이다. 로댕의 대답은 평생 릴케의 길잡이가 되었다. 그는 자신의 부족함을 느낄 때 멍하니 시간을 죽이면서 보내는 대신, 언제나 온 힘을 다하여 모든 것을 예술의 대상으로 바꾸고 언어로 표현하려고 애썼다. 로댕을 만난 뒤, 그의 시작법에 변화가 일어났다. 시적 자아가 개입되지 않은 채 대상의 본질을 파악하여 묘사하려고 노력한 것이다. 릴케는 카푸스에게 "사람들과 유대감을 느끼지 못한다면, 사물들 가까이 다가가려고 시도"하라고 충고한다. 릴케는 인간의 영향을 받거나 인간에게 예속되지 않고 독자적인 자신들만의 삶을 지니고 있으며, 인간의 맞은편에 서서 인간을 마주 보고 있는 대상을 '사물'이라고 이해했다. 예술도, 역사적 기념물도, 자연이나 동물도 릴케에게는 하나의 사물이었다.

  카푸스에게 보낸 편지들로 이루어진 서간집에는 릴케의 인생관과 가치관, 그리고 문학관이 담겨 있다. 사관학교라는 교육 기관에서 자신과 비슷한 체험을 하고 즐겨 시를 짓는 생면부지의 젊은이에게 그는 어떻게 그렇게 진솔하게 진심 어린 충고를 할 수 있었던 것일까? 그는 편지가 '가장 멋지고 풍요로운 교제 수단'이라고 믿었다. 하지만 그에게 편지는 단순한 교제 수단 이상의 의미를 지닌다. 그는 자신이 생각하고 체험한 바를 편지에 묘사했다. 실제로 그는 창작을 하지 못할 때는 하루 일과에 지장을 초래할 정도로 편지를 쓰는 일에 몰두했다. 그 스스로 자신의 편지들은 창작의 한 부분이라고 말했듯이 그의 편지들은 그의 문학 세계로 안내하는 길잡이의 역할을 한다. 또한 그는 편지를 쓸 때, 자신만의 방식으로 써야 한다는 내적 의무감을 갖고 있었다. 어디를 가든 꼭 지참하는* 푸른색 네모반듯한 편지지에 그는 친필로 −그는 결코 타자기를 사용하지 않았다− 또박또박 자신의 존재의 알갱이들을 옮기고, 겉봉은 회색 봉랍으로 봉했다. 카푸스에게 보낸 답장들에서 알 수 있듯이 그는 편지 상대방에 대해 우월한 입장에서 훈계나 설교를 하는 듯한 태도를 취하지 않고 늘 상대방의 마음을

---

* 그가 늘 필요로 한 필수품은 푸른색 편지지 외에 언어학 관련 백과사전과 서서 글을 쓸 수 있는 높은 책상이었다.

깊이 헤아리고, 미세한 심적 흐름도 간파해서 그때그때 정확한 반응을 보이며 편지를 썼다. 또한 그는 자기 연민에 빠지거나 자기 과시 등을 하지 않고 개인적인 체험도, 시를 쓸 때 그 대상이 되는 사물의 본질을 자아가 가급적 개입되지 않도록 최대한 투명한 자신의 렌즈를 통해 파악하려고 노력하는 것처럼 자신과 거리를 두어 객관적인 차원에서 묘사했다.

1926년, 백혈병이 51세를 갓 넘은 그의 목숨을 앗아 갈 때까지 2천 편 이상의 시편과 다양한 장르의 산문을 쓰고, 번역 작업까지 활발하게 한 그가 연인이었던 루 안드레아스-살로메Lou Andreas-Salomé에게서 자신과 그는 '편지광'이라는 말을 들을 정도로 방대한 양의 편지글을 쓴 것은 순전히 그의 성실성 덕분일 듯하다. 육군유년학교 3학년(당시 13세) 성적표에 표기된 '매우 노력하는 성격'을 그는 삶을 사는 내내 갖고 있었던 듯하다. 1902년 로댕의 조언을 들은 뒤로 그는 그림 형제가 집필한 방대한 『독일어 사전』*을 체계를 갖춰 집중적으로 연구하고, 야콥센과 마찬가지로 흔히 사용되어 식상한 표현조차도 그 정확한 의미를 알아내기 위해 틈틈이 사전을 찾고, 일반 시인들과는 달리, 여행을 하는 중에도 일기를 쓰고, 자신이 쓴 글을 혹독할 정도로 엄격한 비판의 시선으로 바라보았다. 자신의 창작품을 평가하는 가장 까다로운 비평가는 바로 그 자신이었던 것이다. 그는 또한 자신의 심리적인 결점들(끊임없이 스스로를 괴롭힌 열등감, 과도한 감정 분출, 과대망상증, 창작에 대한 극심한 불안감과 압박감, 이십 대 초반 결코 홀로 있지 못하고 커피숍, 편집실, 초연 극장 등지를 전전하며 사람들을 만나던 일 등)을 극복하고 창작에 전력투구했다. 그리고 앞서 언급한 바와 같이 그는 고독을 택해 자신의 '버

---

* 그림 형제가 1838년 집필하기 시작한 『독일어 사전』은 1961년 완성되었다. 이 사전의 특징은 각 표제어의 의미만 제시하는 것에 그치지 않고 표제어가 어느 시대, 어느 곳에서 처음 사용되었는지와 다른 언어의 어떠한 단어와 대응되는지가 일일이 소개되어 있다는 점이다.

팀목이자 고향'으로 삼았다. 그가 몇 번이고 되풀이하여 강조하는 고독의 특성과 필요성을 그만큼 깊이 이해한 사람은 또 없을 것이다. 하지만 그가 늘 홀로 고독 속에 있었던 것은 아니다. 릴케의 분신이기도 한 말테는 『말테의 수기』에서 이렇게 확신한다.

"시는 […] 감정이 아니다. 시는 경험이다. 그리고 한 줄의 시행詩行을 쓰기 위해서 수많은 도시와 사람들과 사물들을 보아야 한다."

릴케는 수많은 곳을 방문하고 여행하고, −그가 카푸스에게 답장을 썼던 곳은 4개국의 6개 도시이다−* 수많은 사람들과 교류하고, 적지 않은 여인들과 마음을 주고받았다. 하지만 그는 창작을 하기 위해 그에 적합한 장소를 찾아 예술 작품을 탄생하게 만드는

---

* 그는 끊임없이 거처를 옮겼다. 21세부터 생을 마감할 때까지 30년 동안 그가 어느 한 곳에 머문 때는 21세, 43세, 47세 때뿐이다. 한 해에 5개국을 여행할 때도 있었고, 10개 도시를 여행할 때도 있었다. 글을 쓸 수 있는 곳이면, 그곳이 어디는 그에게는 고향이었다.

고독감 속으로 돌아갔다. 그는 라이너 마리아 릴케라는 한 실존적 개인으로 존재하기 위해 고독을 기꺼이 초대하고, 한없는 고독감이 그 막강한 위력을 발휘할 때에도 그 위대한 힘을 알아보고, 그것을 사랑하며, 고독이 자신에게 "안겨 주는 고통을 견디어 내"고, 극단적인 고독 속으로 스스로를 밀어붙여서 자신과 사물들을 자신만의 방식으로 인식하고 언어로 옮겼다. 그가 이루어 낸 이러한 업적은『젊은 시인에게 보내는 편지』에 등장하는 다음과 같은 비유로 표현할 수 있으리라.

 "우리가 항상 어렵고 힘겨운 것을 신뢰하고 그것에 의지해야 한다고 조언하는 저 기본 원리에 따라 오로지 우리의 삶만을 펼쳐 나간다면, 여전히 우리의 눈에 지극히 낯설고 생소한 것으로 보이는 것은 우리에게 가장 친숙하고 믿음직스러운 것이 될 것입니다. 어쩌면 우리 삶 속에 존재하는 용들이란 언젠가 아름답고 용맹한 우리의 모습을 보기만을 오매불망 기다리는 공주들일지도 모르지요. 어쩌면 끔찍하고 섬뜩하고 무시무시한 것들이란 모두 그 깊은 저변에서는 우리의 도움을 받고 싶어 하는, 무방비 상태의 한없이 나약한 존재들일지도 모릅니다."

 그가 지은 수많은 초기 시편들을 보며 그가 장래에 위대한 시인이 되리라고는 아무도 생각하지 않았던 라이너 마리아 릴케. 그는 시인들이 좀처럼 갖기 어려운 많은 행운을 가졌다. 이십 대 초반, 그에게 크나큰 가르침을 주었던 야콥센과 루 안드레아스–살로메를 만나게 해 준 친구, 그를 이해하고 정신적 양식을 주고 평생 깊은 우정을 나누었던 루 안드레아스–살로메, 로댕에 대해 알게 해 준 조각가 아내, 그를 지지하고 후원해 준 많은 이들, 수많은 대화를 나누고 교류했던 예술가들, 당대에 그를 아끼고 사랑했던 독자들……. 하지만 이러한 행운들로만 그가 '우리 삶 속에 존재하는 용들'을 발견하지는 않았으리라. 외부로부터 받은 영향을 스스로 체화하고, 자신이 믿는 바를, 옳다고 느끼고 생각하는 바를 행동으로 실천하고, 자신만의 방식으로 느끼고 본 것을 끊임없이 언어로 갈고 다듬는 그의 성실한 노력이 없었다면, "별 하나에 아름다운 말 한 마디씩 불러" 보게 하는 시인 라이너 마리아 릴케는 존재하지 않았으리라.

  이 서간집의 첫 번째 편지가 113년 전에 쓰였기 때문에 이 편지들에 실린 내용이 오늘날의 감성과 지향점, 특히 현대를 사는 젊은이들의 그것들과는 거리가 먼 것처럼 보일 수도 있다. 하지만 릴케와 서신 왕래가 중단된 뒤에 희곡과 다수의 소설을 출간하고, 15년간 장교로 근무한 뒤에는 신문사 편집장과 저널리스트, 소설가, 시나리오 작가로 활동한 카푸스가 1966년에 세상을 뜬 사실을 떠올리면, 릴케와 그가 우리와 완전히 다른 시대의 인물처럼 느껴지지는 않는다. 편지를 쓰는 일에 깊은 애정을 가졌던 릴케는 자신을 '구시대적인' 감성을 가진 사람이라고 표현했다. 편지에서 전자 우편으로, 전자 우편에서 휴대 전화 문자 메시지로, 문자 메시지에서 이모티콘으로 소통 형식이 급속도로 변화하는 오늘날, 무겁고 다소 난해한 이 서간집은 과연 어떤 의미를 지닐까? 수신인의 허락을 얻어 자신의 편지를 독일의 인젤출판사에서 출간해도 좋다는 릴케의 유언에 따라 카푸스는 릴케 문서 박물관에 기증했던 그의 편지들을 그가 타계한 지 3년 뒤인 1929년에 출간했다. 카푸스는 서간집 서두의 독자에게 전하는 말에서 자신이 그 서간집을 내는 이유 중 하나로 "오늘과 내일의 자라나고 성장해 가는 수많은 젊은이들에게도 중요"하다는 점을 들고 있다.

최근 바둑을 두는, 그것도 '신의 한 수‡'를 여러 번 두는 인공지능이 등장해 많은 이들을 놀라게 한 일이 있었다. 과학이 고도로 발달된 미래의 어느 날, 고독감을 느끼고 자신의 내면을 성찰하는 알파족 기계들이 과연 탄생할까? 설사 그날이 온다 하더라도 우리 인간을 인간이게 하고 인간답게 만드는 것은 우리에게 고유한 것, 곧 감성과 이성을 총동원해 내면을 성찰하는 것이 아닐까? 릴케의 『젊은 시인에게 보내는 편지』는 내면 성찰의 전형을 보여주기에 그 의미가 크다고 할 수 있을 것이다.

옮긴이 이옥용

1957년 서울에서 태어났다. 서강대학교와 동대학원에서 독문학을 공부하고, 독일 콘스탄츠대학교에서 독문학과 철학을 공부한 뒤, 서울대학교에서 박사 학위를 받았다. 2001년 '새벗문학상'에 동시가, 2002년 '아동문학평론 신인문학상'에 동화가 각각 당선되었다. 2007년 동시로 제5회 '푸른문학상'을 받았으며, 지은 책으로 동시집 『고래와 래고』가 있다. 현재 번역문학가로도 활발히 활동하고 있으며, 옮긴 책으로 『변신』, 『압록강은 흐른다』, 『그림 속으로 떠난 여행』, 『우리 함께 죽음을 이야기하자』, 『데미안』, 『헤르만 헤세 환상동화집』, 『싯다르타』, 『젊은 시인에게 보내는 편지』 등이 있다.

젊은 시인에게 보내는 편지

초판 1쇄 2016년 12월 20일
지은이 라이너 마리아 릴케 | **옮긴이** 이옥용
펴낸이 신형건 | **펴낸곳** (주)푸른책들 | **등록** 제321-2008-00155호
주소 서울특별시 서초구 양재천로7길 16 푸르니빌딩 (우)06754
전화 02-581-0334~5 | **팩스** 02-582-0648
이메일 prooni@prooni.com | **홈페이지** www.prooni.com
카페 cafe.naver.com/prbm | **블로그** blog.naver.com/proonibook
ISBN 978-89-6170-578-3 03850

ⓒ (주)푸른책들, 2016

* 잘못된 책은 구입한 곳에서 바꾸어 드립니다.
* 이 책 내용의 일부 또는 전부를 재사용하려면 반드시 (주)푸른책들의 서면 동의를 얻어야 합니다.

이 도서의 국립중앙도서관 출판시도서목록(CIP)은 서지정보유통지원시스템 홈페이지 (http://seoji.nl.go.kr)와 국가자료공동목록시스템(http://www.nl.go.kr/kolisnet)에서 이용하실 수 있습니다.(CIP제어번호: CIP2016024407)

에프 블로그 blog.naver.com/f_books